MO SHANG

HUA KAI

陌上花开

因你的注视
而幸福

洛艺嘉 著

中国地图出版社

图书在版编目（ＣＩＰ）数据

陌上花开：因你的注视而幸福 / 洛艺嘉著 . —北京：中国地图出版社，2018. 7

ISBN 978-7-5204-0451-8

Ⅰ.①陌… Ⅱ.①洛… Ⅲ.①故事 – 作品集 – 中国 – 当代 Ⅳ.① I247. 81

中国版本图书馆 CIP 数据核字 (2018) 第 102508 号

策　　划　于至堂　张　婉
责任编辑　于至堂
出版审订　赵　强

陌上花开：因你的注视而幸福

出版发行	中国地图出版社			
社　　址	北京市白纸坊西街 3 号	经　销	新华书店	
邮政编码	100054	印　张	17	
网　　址	www.sinomaps.com	版　次	2018 年 7 月第 1 版	
印刷装订	北京一鑫印务有限责任公司	印　次	2020 年 8 月北京第 2 次印刷	
成品规格	170 × 240mm	定　价	49.00 元	

书　　号　ISBN 978-7-5204-0451-8

如有印装质量问题，请与我社发行部联系，联系电话: 010-83543956，如有图书内容问题，请与本书责任编辑联系，联系方式：dzfs@sinomaps.com。

　　常去的咖啡店叫 Mr. Coffee，是个主色调为白色不到十平方米的空间，平日里总有鲜花摆放在台子上。1997 年生的咖啡师 Mao 是海拉尔人，只因为少年时一杯咖啡的香味爱上了咖啡师这个职业。下午阳光大好，如这样难得早下班的日子我便会去闲坐。Mao 说，新来的咖啡豆很厉害哦，他指着一排小罐子中的一个，叫夏玫。"它果香丰盈，调性明亮温暖，前调有欢快的花香果酸，中调会有果酸过渡出来的微甜和橘香，后调则沉淀出温暖的回甘，如茶一般的暗香和安静。"他说。我毫不犹豫地点了这款咖啡。他也一如平日，用长嘴细管的水壶缓慢而旋转地浇着咖啡粉，待水滴漏。

　　那个下午，我边喝夏玫，边读洛艺嘉的文字。我忽而明白，那些文章带给我的恰是如同这个空间，这个小伙子及这款咖啡一般的感受。

　　这个空间这么小，而洛艺嘉的世界那么大；这个空间如此静止，洛艺嘉则孜孜不倦行走了十几年；这个年轻男孩 Mao 的阅历简单极了，说洛艺嘉看尽繁华并不为过；咖啡里讲究多了，你却依然会被某些时刻与咖啡的化学反应打动。就好像游荡在她的文字里，放松，聆听，哪怕你自己的世界混乱不堪，亦可感知到那边的明亮和温暖、安静和暗香涌动。

　　认识洛艺嘉这许多年，读她的书也是由来已久。彼时我是个骑破自行车的脑残文青，为谋生计给图书商报写书评稿子。彼时她尚未出国，已然是个美女作家，写

着畅销小说。她一走经年，我再从网上搜她，见到的是她在法国花园里梳着麻花辫的明媚笑容。我在职场迷茫，想起她来，恍如隔世。心下想念，便试着给旧日的E-mail地址发了信，不想竟收到了回信，还附着她的文章。那些日子我默默地读，并没有反馈。事实上，也是无力回复。是啊，在工作与生活的间隙，想起她来，遥远得就像梦境。

在旅行之后，她以每年一本的速度，像个中世纪的行吟诗人般，不紧不慢地边走边写。当然，如果你读过她缘何开始行走，就会知道她那种温暖明亮的底色从何而来。经历过生死课题的洗礼，再到行走的皈依，洛艺嘉把她内在的尖锐，逐渐转化为对世间万物的深沉热爱。我知道那种独自旅行的孤独感，体力上的和精神上的，甚至文化融入上的无力感，都是巨大的考验。从现实的角度，如果洛艺嘉不是有记者的背景，具备迅速融入环境的个人魅力，单单是心理上的跨度就足以让她回归熟悉与安全。独行世界这样的事情，实在不是远观者以为的浪漫，而是计划性、适应性以及真正的热爱才可催生的果实。

《给予的快乐》在我看来，便具有某种自我隐喻。孤独抑郁的老姑妈，因为找不到生命的价值而枯萎。直到非洲堇开花，老姑妈重新被点燃。这并非廉价的心灵鸡汤，因为在我看来，这实际上是洛艺嘉对生命涅槃般的思考即"给予创造快乐"，而她对这个世界的给予便是文字。她踏上旅途时的那种新生，堪比老姑妈的非洲堇之绽放。啊，虽说她那时还是个年轻姑娘。

洛艺嘉很少诉说自己的情感，甚至包括她引以为傲的女儿千容，从文学的角度看，其实洛艺嘉在情感上相当节制。她总是在说别人，还是别人。你能够管中窥豹的是，她在诉说他人时的方式和感受，这是一个细腻、浪漫而热烈的人啊。若说她痴迷花草，何尝不是草木关情。我想，他乡的花草如同异国的情感同样滋养了她。这让她的行记中碰撞出流光溢彩的部分，也让阅读者如在镜中，开展一个个微型电影般的旅程。

只有一个例外。《我为你写下这本书时，你已不在》写给了在天堂的爸爸。写得太平实了，结尾甚而欢快。唯有情感在每个标点符号间流淌。刘锡庆先生当年提及好散文的定义是"必须以我为主，是个性和心灵的赤裸，是自我心灵生命和人格魅力的艺术外观"。当年的我并不理解先生这番朴素的话背后的意味。看洛艺嘉的文字，我敢说，先生若在，会点赞。

如果说，在她最初作为旅行家而写就的文章中，你还常常感受到奇景式的展现与传奇般的渲染的话，那么这本书的花语故事会，则更像你独坐窗下而遇到万花筒，于是便展开，是花前月下的蜜语，也是闲话家常的八卦。素材与花蜜虽是全球采集而来，那味道却像是明清小品。张岱也好李渔也罢，哪个不是懂音乐精戏曲，游历山水，甚至深谙园林布置的生活家。少年张岱便可在客人出"荷叶如盘难贮水"时，对出"榴花似火不生烟"。而李渔的《闲情偶记》，除开戏曲，其中也有不少篇幅写及园艺，甚至其归隐的园子都是亲手设计及建造的呢。对于洛艺嘉而言，虽说她那篇《秘密花园》里的男主，遇到困难和问题时，就会在心里种下花草，我倒是不难想象，有一天洛艺嘉停下脚步的时候，她会去造一个真正的秘密花园。然后，因我常常管她叫神仙的缘故，在她的花园里，想必可共饮几盏洛神花茶吧。

林老碗

2018 年 6 月

目 录
CONTENTS ▼

名人与花 / 001

精神病院的花园 / 002

莫奈的花园，塞尚的家 / 010

海明威的花园 / 014

库克船长的花园 / 019

奥杜邦故居 / 027

拉丁美洲 / 033

向公众开放的私人花园 / 034

钻石买不来花园 / 042

巴巴多斯——茂密的热带花园 / 046

在花园就餐，在种植园住宿 / 054

中美洲最后的原始雨林 / 063

面包果、鹦鹉、蓝莲花 / 069

哥伦比亚 10 月看花 / 073

家住巴西植物园 / 078

北美洲 / 087

暴乱中的花开 / 088

再见，华盛顿最美的樱花 / 093

春日初爱 / 099

忽地笑 / 106

温暖的小宇宙 / 114

欧洲 / 119

5 月到荷兰看花田 / 120

在圣诞老人故乡看雪花 / 127

给予的快乐 / 134

普罗旺斯的薰衣草 / 137

为此时而活 / 141

未选择的路 / 145

非洲 / 151

梅森的蓝色花园 / 152

闻香 / 179

情缘蓝花楹 / 184

四季到非洲去看花 / 187

取足一日，尚又何求 / 194

植物的千年爱情绝唱 / 197

大洋洲 / 201

理智与情感 / 202

澳大利亚看花 / 207

亚洲之中国 / 215

夕颜 / 216

愿你回忆童年时，闻到花香 / 220

植物往来 / 227

二手宝 / 232

我为你写下这本书时，你已不在 / 240

对话与观花 / 249

欣赏即可，千万别动 / 250

我感到就要与你相遇 / 255

秘密花园 / 259

石头缝中的嘉兰

名人与花

精神病院竟然有如此繁多的花?

当然，这精神病院特殊，

这是凡·高待过的圣雷米精神病院。

早上，安静的阳光照着花朵们。安静的走廊上，

没有一个人。

精神病院的

花园

在法国南部普罗旺斯的阿维尼翁市圣雷米（St-Remy）小镇有一家著名的精神病院。精神病院竟然有如此繁多的花？当然，这精神病院特殊，这是凡·高待过的圣雷米精神病院。

早上，安静的阳光照着花朵们。安静的走廊上，没有一个人。

在这样的早上，凡·高也该是安静的吧。人狂躁该是在中午，发病季节，则多在春秋。

进精神病院后，凡·高慢慢好转了一些。他写信给弟弟提奥："我希望你看出我比过去平静得多，尽管在我自己看来，神色比从前茫然呆滞了些。"茫然呆滞，这是他那幅自画像最好的说明。

提奥是世界上最懂他的人，给他在精神病院开了两个房间，一个当作画室，另一个能看到外面的花园。

我一直没怎么激动，甚至想在这里的小咖啡馆喝上一杯。可是，突然看到立着的木板上，有他的一幅画——当年精神病院的花园（Le Jadin de La Maison de Sante a Arles），眼泪立刻滚涌出来。从狂癫到勇敢赴死，不晓得那是怎样痛苦的历程。终于可以在他喜欢的麦田中倒下时，他的内心一定安宁至极。在我眼里，这场面，不逊于他画作的绚烂。

现在的庭院花园，种的花与凡·高画上的差不多。只是在凡·高的画里，高树

凡·高待过的圣雷米精神病院

还没有绿色，光秃秃的。或许是季节的缘故，也许是他心里的春天还没有来吧。

凡·高成名后，这里在花园中间立起了凡·高的雕像。

庭院里的大树、石凳，和凡·高画上的一模一样。

不仅花园的布局，就连建筑、回廊，都与当年一样。在这点上，你不能不佩服欧洲人。我在意大利南托斯卡纳地区的锡耶纳曾听当地人说：13世纪的人回来了，都能找到家。

为了避免病人受刺激，这里不能看报纸、听广播，沉闷压抑。好在凡·高还有花园。可想而知，这花园给爱花的他带来多少安慰。

在这里，凡·高最初画了很多张花或植物。其中最出色的是《鸢尾花》。整个画面构图以相同形状的花、相同形状的叶、相同的颜色反复出现来表现百花盛开让人眼花缭乱的感觉。

这一时期，他画了很多他钟情的鸢尾花。

病院里，时光空置，基本会让人沉沦。凡·高没有，他在压抑中保持自己的激情。有一次，提奥没有及时给他提供绘画材料。凡·高没有画布，就在另一幅画作上创作。这就是《峡谷》下面隐藏的那幅描绘野生植物的油画。

凡·高非常喜欢花。光菊花，他就画过这些：百日菊、红色罂粟和雏菊、雏菊、矢车菊、牡丹和菊花、麦田与矢车菊、康乃馨和百日菊、花瓶里的矢车菊、鱼尾菊、矢车菊和罂粟、雏菊和银莲花等。

在精神病院，他画鸢尾、橄榄园、远山、太阳、花园里的石凳、病友，他画周围的一切。

我开始喜欢凡·高的画，是在荷兰去凡·高美术馆参观后。在佛罗伦萨，在马德里。我也看过很多名家的真品或印刷品，可是，凡·高的真迹，比印刷品有力量得多。凡·高美术馆倒是比巴黎的卢浮宫还严，不允许带相机。

我买了幅印刷版的《春天的巴旦杏》。画面并没有呈现明显的凡·高风格，那可是他兄弟提奥的孩子出生后他画的，作为受洗礼物。那是他入精神病院后，少有的快乐日子。

清新，脱俗，充满向上、新生的力量。画风像日本画。

《盛开的桃花》是凡·高为纪念他去世的表兄莫夫而作。在给提奥的信中，凡·高写道："我把画架摆在果树园里，在室外光下画了一幅油画——淡紫色的耕地，一道芦苇篱笆，两株玫瑰红色的桃树，衬着一片明快的蓝色与白色的天空。这大概是我所画的最好的一幅风景画。"凡·高为这幅画题字："只要活人还活着，死去的人总还是会活着。"

这幅画作中央两株怒放的桃花充满生机，传达出凡·高理想中的日本风景，也表现了春天的喜悦和乐观的情绪。

我突然想，凡·高住的精神病院就该有如此繁多的花，却又一转念：不对啊，凡·高住这里时，还没有出名。那时的花园，就是这样的：美丽、安好、秩序。精神病人们不破坏它们？那也是病人们的安慰吧。花儿好看好闻，没有什么能像它们一样让人愉悦。

也是在阿姆斯特丹的凡·高美术馆，我看到了他那著名的俭朴的卧室。我也是第一次知道，他画向日葵的地方，在阿尔勒。那地方明亮的阳光给了他灵感和激情。我在记事本上记下阿尔勒，想着我有朝一日要去那里。

4年后的一天，我终于来到法国南方的这个千年古镇，这个一年有300天阳光普照的地方。

那间卧室，在他著名的"黄房子"里。达卡斯朋路上，凡·高真正住过的"黄房子"已经不存在了。1942年，它被炸掉了，现在大家参观的是后来重建的。1888年5月，他离世前一年，住进了这个他憧憬的"画家之家"。高更在提奥的资助下也来到这里。凡·高和高更有深厚的情谊，也有着共同的艺术理想，然而，同一屋檐下的生活，并不是两者想象的那样简单、和美。凡·高随意，马马虎虎，颜料都堆在一起，画箱永远盖不上。周游过世界的高更则想把日子过得舒适一些，他得先把生活安顿好，才能画画。而凡·高，则在高更到达阿尔勒的第二天，就把他拉到田野中去写生。

两人对绘画的理解也不同。凡·高认为，"绘画来自自然，有一种诗意的境界。"高更觉得，"绘画来自个人的狂野想象，其中有知性的力量。"高更最终认为，凡·高的观点荒谬，源自他"无序的头脑，缺乏合理逻辑"。两人都固执，争吵不断。他们惊天动地的争论，终于走向了悲伤的结局。高更怒而离去。凡·高更冲动，割下了自己的耳朵，给开玩笑的妓女。62天的共同生活后，两人分道扬镳。虽然乌托邦结束了，但高更学会了凡·高的厚重笔触，凡·高则从高更那里学会了放弃阴影和更好的构图。

阿尔勒花窗

体力的透支、穷困、孤独，凡·高的伤口越来越大。他喷射在画上的激情也越来越炽热，让人震撼。他的宇宙开始不同于别人，你看那同样创作于精神病院的《星夜》，昼夜同在，太阳和月亮同辉，因为他已经没有了正常的时间概念。他画啊画，15个月完成了200余幅，两天多就一幅。他在给提奥的信中说道："我经常神志不清，意识不到自我，画面就像梦幻一样冲我而来。"

高更离开4个月后，凡·高住进了精神病院。他疯了后也和别人不同。在大病之后，他清醒过来，接着作画。

热烈、激荡的情感后常有伟大、令人震撼的作品，在疯狂和清醒边缘的凡·高找到了它们。他就是为他的作品而生的。

他光明磊落，纯真诚恳炙热；他渴望生活，热爱艺术；他能讲四国语言，文采出众。但他的一生，没有过什么幸福的生活。他的伙伴说："艺术家得有天分，你不行。"他爱慕的姑娘叫他："滚开，你这个傻瓜。"他的画家朋友说："你这个疯子，你的画让人无法忍受。"街头流浪的弃儿叫他红头发疯子。小商贩把他撞得散了架。他疯狂地作画，然而，他的作品换不来一顿饱饭。他10年的绘画生涯，留下850件油画，千余幅素描。然而生前，他只卖出了《红色的葡萄园》。

今天，他的艺术成就为世界承认；他的画，动辄天价，是世界上最贵重的物品之一。荷兰政府建立了凡·高美术馆。今天，他的故事被写成书，拍成电影，为人们传颂、怀念和感动。而在迎来他艺术辉煌的阿尔勒，当初居民纷纷抗议他，迫使他进入精神病院，如今凡·高早成了这里的名片。以他名字命名的路；通向"黄房子"，他写生地方的路牌；明信片，印有他的名画；你想问关于他的什么，居民都会告诉你。他喜欢的黄色，也已成为阿尔勒的颜色。在这里，你随处可以看到黄色。他热爱的向日葵，也在阿尔勒的郊外热烈而大片地生长。

他热爱向日葵，画过无数次。他说，"可以说，那是我的东西。"

他热爱黄色，那是太阳在他眼中、心中的色彩。"那是爱的最强光。"

"凡·高的爱，凡·高的天才，凡·高所创造的伟大的美，永远存在，并丰富着我们的世界。"

阿尔勒，凡·高画向日葵的地方

莫奈的花园，

塞尚的家

巴黎西北 70 余千米的地方，有个花树扶疏的美貌小镇，名叫吉维尼（Giverney）。莫奈第一次乘火车经过这里时，被这里的宁静和美震撼了。

他买下这里原来的一栋房子，以及周围的土地。

早年在诺曼底时，莫奈一年到头都在室外。大西洋风大，他把自己和画布都绑在岩石上。他太看重室外写生了，还曾把小船作为画室。

为了观察、绘画方便，身处吉维尼的莫奈，更索性掘地建起池塘。有一天，"池里的精灵浮现在我眼前，我举起调色板。"

光色迷人的《睡莲》系列，心宁气静，一直为我钟爱。他为作画而建的这个池塘，我也早就听说，但万万没想到，它会这么大。

除了池塘，还有几座爬满紫藤的小桥、漂在水上的竹筏。潺潺小溪，翠绿竹林，这不分明是公园吗？穿过竹林，竟然还有一个足球场那么大的花园。后来听解说，莫奈为这花园请了 5 个园丁。

作为绘画大师的莫奈，也是一流的园林设计师。他设计的这个花园，没有法式园林的修剪整齐。他尊重植物各自的个性，让它们自然生长，充满野趣。擅长光影和色彩的莫奈，也把调色板一样的缤纷，铺展在这花园里。

橘红色的旱金莲，紫色如梦的番红花，富贵艳丽的大丽花。粉色郁金香和紫色勿忘我搭配出娴静。黄色的金盏花配蓝色的鸢尾，鲜亮明媚，像此时灿烂的阳光。

莫奈的莲花

莫奈喜欢白色和紫色的爬藤铁线蕨，它们带给他春天的喜悦。

园子里的植物，都是按当年原样重新种植的。

对比凡·高，莫奈何等幸运。不过他早年，也遭遇过痛苦，但他也敢于应付生命逆境。次子刚出生，爱妻染重病。他照顾病人、婴儿，洗衣做饭，还得去街上兜售画作。

命运转瞬即变。爱妻卡缪像一阵风般被上天带走……

也许每个人，应付困境的方式不同。凡·高是了结。在生前倒数第二封信里，他写道："正是出于健康的考虑，人们才很有必要在花园里工作，有必要看到草长花开。至于我自己，我完全臣服于山丘映衬的无限麦田……"

凡·高在麦田自杀的那一年，莫奈开建他的这个田园。

今天，人们参观凡·高的最后住所，只能去看奥维尔小镇的拉巫旅馆，一个逼仄的小房间。而莫奈的花园，则成了莫奈赠给世界的珍贵礼物。

每个人的运气不同，世界观也不同。凡·高一心穿行在艺术里，激情迸发，完全蔑视现实世界。

我想起同为印象派大师的塞尚的家。那是在普罗旺斯的艾克斯小镇的瓦沃纳戈城堡。

塞尚曾在由帽商变成银行家的父亲的劝诱下学习法律，但一直没有丢弃他喜欢的绘画，最后终于决定做一名画家。他曾漂泊到巴黎，勉强参加了印象派画家的展览。报纸和公众对于他的恶意嘲讽便从此没有停歇，他黯然回到故乡。他没有气馁，内心虽寂寞却无比坚强，向着预定目标跋涉而行。

在艾克斯郊外的山林绿意间，他买下一块地。庭院不小，但像塞尚的性格一样，院子里没什么花，只有树。阳光透过绿树，斑驳洒下。两层楼房，顶层是他的画室。屋子里的光线，是自然光线。房子朝北有一面大窗，像墙那么大。朝南有两扇大窗，左边三扇，右边两扇。从屋子里可以直接看到他画中经常出现的圣维克多山。他还嫌不够，便做了个巨大的人形梯子，经常上去观察。

灰色的墙、门，灰色的高桌，以及帆布躺椅、马扎、中间已经坏掉的草编椅子。高高低低、种类繁多的各式瓶子、罐子，竹篮里、盘子里的苹果，以及他死后20年"让巴黎震撼的苹果"。墙上的装饰画，六斗橱上的骷髅头。藤编椅子上，画夹里的静物。那粗呢大衣，让人想起《玩牌者》里男人们的装束。那浅栗色三斗橱上的石膏像，是1895年他画的《丘比特的石膏像》吧。

塞尚，这个不被理解的孤独者，奋斗一生，用颜料来表现他的艺术本质。他把事物从表面解放出来，用色彩、几何结构把画面的语义从主题里抽离开来。将画面变得简单，纯粹，是他对美术史众多的贡献之一。"画画并不意味着盲目地去复制现实，它意味着寻求各种关系的和谐。"从塞尚开始，西方画家从追求逼真地描画自然，转向表现自我，并开始出现形形色色的形式主义流派，形成现代绘画的潮流。

塞尚这个能看到圣维克多山的家，让毕加索羡慕嫉妒恨，他在第二任妻子面前发"毒誓"："我一定要住在塞尚的家里！"

机会来了。毕加索77岁那年，看完斗牛比赛，听到瓦沃纳戈城堡要出售，顾不得休息，便赶了过去。他没有讨价还价，重金买下1000多公顷的巨大城堡。那里虽然环境优美，夏天时，却有恼人的干燥的狂风，刮得他心烦意乱。在外人面前他从不抱怨，他骄傲地说："住在塞尚的家里，我的感觉非常好！"

嘴上虽这么说，两年后，他却悄然搬家了。毕加索以92岁的高龄去世后，按生前遗愿，被埋在瓦沃纳戈城堡，他永远住在了塞尚的家里。

我又想起印象派大师毕沙罗，这个塞尚、高更都称他为老师的人。我原来对他了解得不多，只记得他有几幅让我印象深刻的画。《菜园和花树·蓬特瓦兹的春天》

让我想起法国图尔的春天，轻松，愉悦，充满回忆。

后来我去美属维京群岛。那是片由 50 多个漂浮在海上的岛屿和珊瑚礁组成的群岛。它们大多没有被开发，保留着 1493 年哥伦布到达时的样子。那里植被丰茂，被称为世界上最绿的岛。这个美国的后花园，门户是圣托马斯。

在圣托马斯，我陪一个女人去过德隆宁根斯盖德街 14 号，那是毕沙罗的诞生地。拜访他家之后，我查阅了很多资料，然后明白，曾在奥赛博物馆看到的《赫米达致花园一角》，原来是大师所画。那幅画不大，却因为联想和回忆，让我印象深刻。

我回想起小时候爸爸的花园。在摇曳的绿荫和花香里，两个小姑娘坐在绿色的长椅上。今天看来，那错落有致的花园，有些像莫奈的花园。

莫奈的这个故居，门窗是绿色，楼梯栏杆也是绿色的。配上五彩缤纷的花草，悦目赏心，如处画境。

会有这样的时刻吧，在鼠尾草的香气里，莫奈站在窗口，望着自己设计的庭院。唯美，梦幻，如诗如画。

我有一个梦，我把这个梦带到了现实生活中。我一直住在这梦里。这是怎样的感受？

直到 1926 年去世，莫奈一直生活在他自己的梦里。

塞尚的家

海明威的花园

西礁岛，美国的最南端，美国的天涯海角。怡人空气，灿烂阳光，让这里成为很多人的疗养地。杜鲁门总统的夏宫在这里。驰骋文坛的硬汉海明威，他的家也在这里。

曾经，我想象的美国南方，那昔日种植园主的天下，阳光灿烂，雨水丰沛，大宅被浓密的植物围绕。可真正在美国南方，见了很多房子，大多矮矮小小，有些失望。

海明威的这个故居，和我的想象有些叠加起来。白色的二层楼，被花园环绕。

也难怪，海明威的第二任夫人波琳，是当地富商之女。1931年，她买下了这栋也令海明威自豪的房子。他们在这里生活了10年。

在这里，海明威完成了《丧钟为谁而鸣》《乞力马扎罗的雪》等。

作为法国巴黎《时尚》编辑，波琳优雅，新潮，喜欢收藏家具。婚后第二年，她决定和海明威定居此地时，便把之前在巴黎居住时用的家具运到了这里。海明威收藏书，收藏名画。米罗的《农场》让我联想起海明威的小时候。从小在瓦隆湖的农舍中度过，让海明威非常喜欢大自然。他和父亲一起钓鱼，打猎，在森林里行走，在湖畔露营。

海明威故居的二楼卧室连着阳台。四面通连的阳台宽大得都赶上半间屋子了。阳台外面，就是美丽的热带花园。

花园里有漂亮的荷花池、游泳池。这个将近20米长的泳池是西礁岛第一个私人游泳池，也是西礁岛迄今最大的一个。游泳池是海明威亲自设计的，但因为当时他要参加西班牙内战，就无暇顾及了。他不在时，波琳找人开建。富家小姐，高消

海明威故居

费惯了，泳池开支不断超出预算。海明威从西班牙回到西礁岛看到总费用时，吓了一跳，2万美元！这在当时，是个天文数字。他哈哈大笑，从口袋里摸出一个硬币："把我最后一个硬币也拿去吧。"

波琳曾是海明威第一任太太哈德莉的好友，她和海明威勾搭后，曾劝说哈德莉同意建立"三人家庭"。3个早餐盘子，3件晾在绳子上的湿浴衣，3辆自行车。得寸进尺后，两人把哈德莉推了出去。

海明威抛弃第一任妻子，因她产后身材走形。也许是报应吧，悲剧再一次发生，波琳产后也发胖，不再是海明威认识时的苗条女郎。

为了海明威，她不惜重金整容，却没有挽回他的心。他说："你对一个男人越好，越是向他表示你的爱，他也会越快地摆脱你。"

当时海明威还没有立刻抛弃波琳，然而，他生命中又一个重要的女人出现了。

在西礁岛的 Sloppy Joe's 酒吧，他和战地记者玛莎一见钟情。擅长把真实经历用在小说里的海明威，在小说《富人与穷人》中借男主人公弗雷迪之口，描述了自己初见玛莎时的感受："她盘腿坐在很高的凳子上，向外看着街道。弗雷迪羡慕地看着她。他认为她是那年冬天西礁岛上风韵最别致的异乡客。"

他和波琳离婚，第二个月，迎娶第三任妻子玛莎。

后来玛莎离家出走，成为第一个抛弃海明威的女人。

波琳去世后，海明威和第四任妻子玛丽多次回到这里，就住在泳池边一座马车库改造的房子里。会不会在某个黄昏，他突然从熟悉的花香里，闻到旧日的味道，回想起他和波琳在这里的快乐时光？

游泳池旁边，有个二层的小砖楼，那曾是海明威的写作间。

花园里，有两个中国女孩。一个问另一个："这花是什么？"

"不知道。"

我告诉她们那是姜花。

一会儿，我听她们又如此问答。我告诉她们那是"姜花"。

"都是姜花？差别这么大？"

"刚才的是紫花山姜。这个是红球姜，属于闭鞘姜的一种。"

一会儿，她们又看到一个又高又大、美丽非凡的花，跟我逗趣说："这个，总不会还是姜花吧？"

我笑道："不幸还是。这是火炬姜。姜科植物有 1500 多种。即便是长期从事姜科植物研究的人，有时也难以准确地说出姜科植物的名称。刚才这几种，是常见的。"

我突然想到，海明威的情史，好像姜科植物一样丰富。他 13 岁开始性史；17 岁与 30 岁少妇缠绵；他爱上过修女；与比自己大 8 岁的女人结过婚；当着老婆的面，爱抚臭名昭著的特怀斯登夫人；和两个女人建起三人之家；被第三任老婆抛弃……

除了丰富混乱的情史，他的一生也如此。

参加战争，身体有过200多块弹片伤痕；遇到过两次飞机失事和一次森林大火；他怀疑自己一直信奉的天主教，直到离开。

他被母亲异性而待。她一直希望诞下一对双生胎，但哪那么容易？为了安抚自己，她让小海明威穿上粉红色的方格花布衣，戴上一顶饰有花朵的宽边帽。

他当年拒绝入读大学，年仅 18 岁便到美国举足轻重的《堪城星报》当记者。后来，他又不顾父亲反对，辞掉记者一职，尝试加入美国军队去观察第一次世界大战。

那些我们难以理解和难以相信的，他也做了。他觉得儿子没有雄性气质，带儿子逛妓院；逼儿子射杀动物……

万象世界，由他一一展现。

他擅长足球、拳击；他也对缝纫等家务琐事很感兴趣；他用机关枪射杀鲨鱼；

姜花

火炬姜

他带着手榴弹登上潜艇；他与整个国家较量；他一直是个克格勃特工。

成名后，他也不顾忌身份，只追随自己的内心。他和詹姆斯·乔伊斯，两个文坛大家曾常伴相随。乔伊斯喜欢起争端，但他体弱，且高度近视，有时甚至看不清对手，但他会喊："海明威，干了他！"海明威便一冲而上。虽然后者也因视力问题当年没有如愿当兵。他参加战争时，身份是记者或其他，甚至担任战地记者时曾私自行动。

他也曾和奥森·威尔斯大打出手，而在他们后面，大银幕正在播放战争片……

他被各种疾病缠身，皮肤病、肝炎、肾炎、高血压……不仅身，还有心。他抑郁，躁狂。

关于他的死因，也有多种解释。一说疾病缠身，这个硬汉的意志终于被摧垮了；二说他对国家失望，觉得自己参与战争是一个被欺骗者；还有说是性功能障碍，让他终于不能再猎艳了。

他的一生如此神奇，就连他养的猫，也是不同寻常的六趾猫。那是当年一位捕捞船的船长送给他的。如今，它的后代有几十只，占据了卧室到庭院的各个地方。海明威在遗嘱中，对这些猫做了安排：猫是这所庭院的主人，它们可以享有这里的一切，可以随意地嬉戏，可以在床上休息寻欢，可以在书房里沉思未来！

惬意的猫

库克船长的

花园

库克船长你一定听说过吧？那个"水手中的水手"，伟大的航海家，那个逼船员吃泡菜的人。他的花园，会有怎样的特色？

菲兹洛伊花园，是墨尔本的五大花园之一。在秀丽繁阴的花园深处，有个温室。温室旁，就是库克船长拙朴的小屋了。

1934 年，墨尔本建市 100 周年，澳大利亚实业家拉塞尔爵士出资 800 英镑，买下库克船长在英国的故居，送给墨尔本，以纪念这位澳大利亚之父。

1770 年 4 月 29 日，库克把英国殖民主义者的米字旗插在澳洲这片新发现的大陆上，宣布整个澳洲的东海岸为英国领土。在世界航海史上，人们把库克发现澳大利亚东南海岸，称为仅次于哥伦布发现新大陆的第二次伟大发现。

从英国迁移来的故居，装在 253 个箱子中，总重量为 150 吨。房子按原样组建，不仅一砖一瓦，据说连一颗螺丝都没丢下。而且连原来的花园，也被拷贝了过来。

库克船长和他的船员们在环游整个地球的航行中，发现、记录了数千种植物、昆虫和动物。在探险过程中发现的一颗种子被种在小屋门前，今天，澳大利亚蓝桉树已经根深叶茂，它在小屋的正面投下了浓密的影子。

小屋最早是库克父母的故居，建于 1755 年。250 多年过去，墙面的红砖，斜屋顶的红瓦，早已浸染岁月的黑灰。想象它在英格兰的乡下时，一定纯朴得太普通，而今，它在澳大利亚葱郁的林地间，鲜明醒目，犹如库克不平凡的经历。

库克船长的小屋及白色窗户

1728 年库克出生于英国大艾顿的乡下。那时的乡野，是一幅清新淳朴的画卷。乡村学校孩子的琅琅读书声，乡村教堂清澈的钟声，铁锤的当当声，小猪哼哼叫，母鸡刚下了蛋，烤面包的香味诱人地传来……一切和谐美好安闲。

"有多少鲜花含苞欲放，在那英格兰乡村花园，请你听我们说端详……"

这是英格兰著名民谣《乡村花园》。

从库克故乡拷贝而来的花园，具有典型的英国乡村风格。质朴，随意，实用。

它不大，五六百平方米，不可能有欧美贵族一向喜欢的玫瑰园；它里面没什么名贵花草，但它给心灵带来愉悦，更提供生活的供给。乡下人的菜篮子，基本就在他们的花园里。

羽衣甘蓝蓝绿色的大叶子招展着，朝鲜蓟硕大，蚕豆花正香，小香葱已有花球。

山楂实用性多多。春时，嫩叶可做蔬菜色拉，夏季的花朵可酿白兰地，秋天的红果实可制果酱。园中的海棠树结果了，做果冻，也可以加入山楂。

从前的欧洲，人们认为山楂花可以阻挡恶魔和邪恶的魔术，所以山楂树往往被种在院子和田野的边上作为屏障。库克家的花园也如此。

山楂的刺上扎着的那些小虫，意外受伤的可能性并不大。那应该是红背伯劳鸟将它们捕捉，扎在山楂的刺上作为储藏。

因为带领船员勇闯坏血病这鬼门关而为世人所知的库克，他的花园中，不能没有岩荠。这种十字花科的多年生草本植物，原产自欧洲西北部及阿尔卑斯山，能作为蔬菜食用，也能药用；有抗坏血病功效，也可治疗消化不良、口腔炎症及牙痛。在库克时代，它已成为皇家海军航海时的规定饮食。

此时正开白花的蓍草，有治风湿疼痛、毒蛇咬伤的功效。库克航海的时代，他所经过的地方荒蛮原始，虫蛇遍生，他一定用过这个吧。

传说蓍草为稀有植物，我国仅山东曲阜、山西晋祠、太昊伏羲陵这三个地方有。我游走过这三个地方，但那时对花草还没有现在这样的兴趣。

蓍草来历不凡。《易经·系辞》上说：它能反映事物的变化，报告吉凶。古往今来都把蓍草誉为"神蓍""灵物"。就连"真命天子"对此物也是另眼看待。每年春秋两季派要人去太昊伏羲陵祭拜，返京时要取回一束"蓍草"。太昊陵蓍草园，被列为淮阳八景之一——"蓍草春荣"。

相传，蓍草是伏羲画八卦的神草，太昊伏羲氏曾用此草"揲蓍画卦"。《易经·羽卦》上说：说卦先说蓍，蓍是由于圣人的幽赞才变成神明。具体过程如下：源于同一棵蓍草的蓍草茎50根。演卦时抽掉一根，只用49根。先用两手将参与演卦的49根蓍草茎任意一分为二，其中左手一份像"天"，右手一份像"地"。接着，从右手任取一根蓍草茎，用以像"人"。这样就形成天、地、人"三才"的格局。然后，以四根为一组，先用右手分数左手中的蓍草茎，再以左手分数右手中的蓍草茎。

花占卜在国外也有。古希腊时代，人们认为不同的花有不同的灵性，因而选了64 种花，代表不同的事物。在德国乡下，姑娘们最著名的花占卜是：找到一朵正盛开的矢车菊，这瓣花表示爱我，那瓣花表示不爱。爱，不爱，爱，不爱。花尽，结果就出来了。在法国，女孩则用雏菊问卜何时可以结婚：随意摘一束，中间有几朵花，就表示几年后结婚。而谁能找到四叶草，谁就能找到幸福，这是众所周知了。

库克远航久久不归，不知他妈妈用花占卜过没有。

开着黄色小花的莳萝，也就是我们常说的小茴香。英文 Dill 源自古语 Dilla，其意为平静、消除。这种亦药亦食的东西，5000 年前埃及人就知道了。埃及人将它和芜荽及泻根混合，治疗头痛。希腊人和罗马人也很爱用莳萝。我在北非时，常见阿拉伯人用它煮水喝，用于治疗胀气。

莳萝气味较强，多用于腌渍。不知当时逼船员吃泡菜的库克，亲自动手腌过菜没有。他应该是见他妈妈腌过吧。

在航海冒险中，惊吓、紧张不可避免。怎么驱散心灵的阴霾？莳萝就有心灵治疗的功效，可以让人轻松舒缓。

在园林中常常用于布置路边花镜或作为花坛镶边的玉带草，也有活血祛淤、除风利湿的功效。

库克知道这些，是因为他的船上带着植物学家吧。

花园里，也有一块不那么实用的花草园。勿忘我蓝色的小花让人心心念；三色堇，像少女的梦想，一直是我喜欢的；不高的香紫罗兰散发着浓香，还有银叶菊、薰衣草、黑种草……

这是从一楼客厅一眼能看到的风景。

客厅兼厨房，也兼库克的房间。

房间保持着原貌，200 多年前英格兰乡村风格。拙朴的木桌椅、水壶、烛台。盘子里还特意准备有新鲜的蔬菜和水果。仿佛他父母得知他要归来，特意为他准备的。

墙上的隔板上，放着捣蒜罐、水罐、插着干花的小橡木桶；碗橱里摆着铜盘、青花瓷盘；房间一角，摆放着煮锅、木桶、烧火夹等。

他妈妈一定在这里做过接骨木果酒吧。而用接骨木树皮熬成的水，还可以给纺布染色。

库克船长的花园

　　房间的一边凹进一些，正好放一张床，那就是库克的床。简单的小床，比小客栈还要简单的铺盖。栗色的小桌上，一个拙朴的蜡烛台，一束干去的薰衣草。这是我参观过的最小的故居，可是，一个人内心丰富时，外在的便不再重要。

　　在库克远航的日子里，她母亲会时常在这里坐坐吗？

　　一层的过厅里，有张英式长木椅。每次远航归来，库克是急急地跑进屋里，还是在这椅子上小坐一会儿，平复一下与双亲久别后的欣喜？这种欣喜于他，和发现新大陆的欣喜，又有何不同？他没有时间，也容不下其他日常生活了。他终身未娶，把家中之爱也一并转移到对船员的爱中了吧，他是那么关心船员的身体健康。

　　漫长的海上生活，坏血病是一道鬼门关。人体储存的维生素 C 只能维持六个星期，而海上航行通常是经年累月。一旦体内维 C 耗尽，人便牙床肿烂，继而坏血病来侵，危及生命。1497 年 7 月到 1498 年 5 月，葡萄牙航海家达伽马在绕过非洲到达印度的航线上，发现他的 160 个船员中，有 100 多人死于坏血病。1519 年，葡萄

牙航海家麦哲伦率领远洋船队从南美洲东岸向太平洋进发，船到达目的地时，原来
200 多人只剩 35 人。

库克发现了可以防治坏血病的办法。有一次他在旗舰奋进号上带了 7860 磅（约
合 3537 千克）的德国酸白菜（Saukerkraut），这样，船上 70 人在一年航程中每人每
周有两磅的供给。酸白菜含有丰富的维生素 C（每 100 克含有 50 毫克维 C）。他逼
船员吃酸白菜，不吃就鞭罚。此外，他发现橙汁也非常有用。每次航行靠岸时，库
克都命令船员上岸购买水果蔬菜及绿色植物来补充营养。

就在这个库克从英国搬过来的家里，有个游客告诉我，库克会用芮木泪柏，麦
卢卡树加糖浆酿造啤酒。这种与今天的啤酒不尽相同的东西，能使人不受坏血病的
侵袭。

在新西兰和澳大利亚东海岸航行时，库克他们发现了很多不熟悉的蔬菜水果。
人对不知道的东西有恐惧心理，但库克坚持让他的船员吃。他在 1768 年到 1780 年
3 次远航，他的船员也会生病，但没有一人丧生于坏血病。而与他同时代的许多探
险船队中，坏血病依然猖獗。库克对于防治坏血病的贡献，使得伦敦皇家学会选他
为会员，并授予他科普利（Copley）奖章。

在 Botany Bay，不论是库克船长，还是随行的英国植物学家约瑟夫·班克斯都
记录了当地菠菜。班克斯把菠菜种子带回英国种植。Botany Bay 菠菜后来成为广受
欢迎的蔬菜。

他们在博特尼湾（Botany Bay）曾吃过的菠菜，现在长在库克家的花园里。这
菠菜长得太繁盛，称得上雄壮。

院子里也有莫瑞顿湾无花果（Moreton Bay Fig）。在新南威尔斯和昆士兰生长快
速的这树有浓密的枝叶为夏季准备阴凉。它是以布里斯班附近的莫瑞顿湾为其命名
的。1770 年，在澳大利亚东海岸向北航行时，库克命名了莫瑞顿湾。

踩着吱嘎作响的窄楼梯上去，是库克父母的卧室。里面有他父亲戴过的帽子，
母亲用过的纺车。白色细窗外，爬满常青藤。那是库克喜欢，经常凝望的植物。纺
车"吱呀呀"转时，母亲一定会想起海上的儿子吧，他吃得可好？衣衫是否被巨浪
扯破？

栗色小圆桌上有本硬壳封面已掉落的旧书。那会不会是船长带给父亲的书呢？
父亲也只能从这书中展望一下儿子的世界。老式的落地钟不知停在哪个日子，每天

沉稳地敲响时，他们会想起儿子吧。他旅经的地方，又是什么时间？那时的窗外，不是现在澳大利亚灿烂的阳光，而是英格兰乡下的阴郁。那阴郁的天气，会使父母的思念愈浓吗？那时的父母，也一定有养儿防老的心理吧。库克没有给父母带来什么天伦之乐，但他勇敢前行，带给人类一片新天地。

英式的红色邮筒，一个小姑娘正把一张明信片投入其中。250年前，应该是邮差不紧不慢地把消息送到乡村吧，邮差送来了詹姆斯和格拉斯儿子的消息。27岁的库克，放弃了水手的工作，加入英国皇家海军。27岁转行，村里人纷纷议论"这可太晚了"。

库克时代的孩子，大多重复父辈的生活。在合适的年纪开始工作，结婚生子。男孩子，大多子承父业。库克的父亲在农场帮工，早年的库克也在农场做工。他不安于这种生活，注定要把激勇壮阔写进自己的生命。他继而去布匹商人手下做学徒，17岁时又开始了海上生涯。他对浩瀚的大海，海上的生活有天生的喜爱和掌控，20多岁时他已成为航行在北海运煤船上的一名出色水手。

村里人知道库克一直是坚定的，不受约束的。他也机灵，沉着，出类拔萃，加入英国皇家海军后，很快被提升为军官。他绘制的加拿大河流入海口的地图引起了英国海军部的注意，被委任为太平洋考察队的指挥官。

20多年的航海生活，险象环生。在植物湾，他曾和风浪搏击了9个昼夜；与大堡礁相撞，险些沉没；在雅加达时，蔓延的热病夺去了半数船员的生命……

他姐姐曾送他勇敢的山楂花吗？这花的箴言是"只有确信成功的人，才能克服所有困难"。

曾待他如神明一样的夏威夷土著，最后却把库克杀了。

他妈妈是如何得知这消息的？

是否村里的巫师先用山楂花占卜，然后说：您与生俱来有一种受人尊敬的本色，乐于助人，最讨厌别人向您说谎，您这么坚强的人，一定可以抵受得住。您的儿子，被土著杀害了……

库克的死讯传到英国时，英王乔治三世失声恸哭，举国一片悲声。

他本已功成名就。他以海军上校军衔领取年金；他被选为英国皇家学会会员；他完全可以像那些成功人士一样，一边闲居，一边写回忆录。然而，这完美的结局不属于一个探险家。他感到这庸常日子的沉闷，便再次出发，去寻找长期作为未解

库克船长小屋

之谜的西北航道。正是这次航行，把他的生命最终交付给了大海。

他壮阔的人生，永远为我们铭记。他的形象，就如院子里的那座青铜塑像：身佩腰刀，手持地图，目光炯然望向远方。

　　黑背黄腹的蕉森莺在白色的万字茉莉上张望，闪绿蜂鸟从紫色的金露花上向后飞退，猩红丽唐纳雀在吃黄色浆果……

　　我认识猩红丽唐纳雀，是从安圭拉发行的一套邮票开始的。那几个小型张，是为纪念奥杜邦诞辰 200 周年。

　　奥杜邦是美国著名的画家、博物学家，他绘制的《北美鸟类图谱》被称作"美国国宝"。他的画对后世的野生动物绘画产生了深刻影响。他在日记、随笔里流露出的尊重生命、保护野生动物、保护环境的理念，也对后世产生深远意义。

　　我来到美国西礁岛奥杜邦故居的花园里。这里是奥杜邦观察并画下佛罗里达州19 种鸟类的地方，号称西礁岛最美的热带园林。

　　高低错落的植物，精美的白色铁艺桌椅，具有 19 世纪的园林风格。

　　丹顶鹤站在喷水池里，睡莲漂浮其中。棕榈树上，寄生着紫色的蝴蝶兰。芳美的热带植物，朱槿、姜花，为鸟儿提供了完美的家园。

　　黄冠夜鹭正在柏树上歇息，它们通常夜里活动。

　　胸部橙黄色的美洲歌鸲，此时正成群结队来到这里过冬。

　　1785 年，奥杜邦出生在海地，是一个法国船长的私生子。他跟继母在法国长

奥杜邦故居展示样书

大。不知是没有亲妈的温暖，让他转向大自然，还是后妈更好，放任一个孩子无拘无束的天性，从小他就徜徉于原野、森林，对鸟儿钟爱有加。

18岁，逃兵役的他来到美国宾夕法尼亚州的米尔格鲁夫乡下。他年纪尚轻，不会沉溺于这里的田园生活。虽然和露西·贝克威尔相识并结婚，但显然，这个姑娘没有拴住他的心。他拿着猎枪，整天钻森林。

不像一般的猎人打鸟仅为取乐或吃肉。奥杜邦也打鸟（后来他也为这事忏悔过），但是为了绘画。到1839年，摄影技术才发明。在没有照相机的年代，要精准地画下一闪而过的鸟，基本上是不可能的。

我想起在美国西部见到的北美红眼雀，我记得它们在丛林里吵吵闹闹；我想起在美国西南部沙漠里看到的仙人掌鹪鹩，我记得它嘹亮的歌声。但如果不是事后翻照片，我对它们的样子真是记不得，更别说精准。

　　奥杜邦绝不是一时兴起，打几只鸟，画几张画，他做的是一项开拓性的工作，在美国也属于最早的开拓性工作。他对野鸟进行环志实验，研究它们的回迁习性。广袤的北美大陆，丰富多彩的美洲鸟类，让他激情澎湃。他把大部分的精力和时间都投入其中。

　　他也做过买卖，但因为想着鸟，用心不专，破产了，入狱了。出狱后，他索性把全部精力都投入到研究鸟、画鸟上。他太太说"每一只鸟都是我的情敌"。

　　他没有收入，他太太只能去有钱人家当家庭教师。

　　他不给家里钱，还从家里往外拿钱，他太太怒了，他们的婚姻走到了尽头。

　　这事估计没有击倒奥杜邦，因为他整天钻森林不着家就该想到这点。他没有想到的是，他精心绘制的200多幅野鸟图谱，被老鼠咬烂了。痛心疾首过后，顽强的他没有被打倒，连续发烧几个星期后，他重新钻进森林。

　　达尔文晚年回忆道："奥杜邦衣服粗糙简单，黝黑的头发在衣领边披散开来，他整个人就是一个活脱脱的鸟类标本。"

奥杜邦故居的各种图谱

对一件事痴迷到这种地步，再没什么成就，就是老天不开眼了。

1826 年，他带着鸟类绘画到了当时经济最发达的英国，他开始声名鹊起。

之前的二三百年，随着世界贸易的发展，人们开始从自我宗教探索转到探索自然。16 世纪，大家评判一个人是否多才多艺按如下标准：探索自然规律的精神、高雅的享乐品位、过人的工作效率。科学革命后，一种崭新的观念开始传播："大自然是一种有生命的系统，它的各种要素（土地、动物、植物）一样被赋予了灵魂，在上帝的俯视下拥有一定的自治权。而上帝允许它发明，游戏，并用绝妙而独一无二的创造物装扮整个世界。"

彼时，人们看奇鸟异兽，都在这些地方：动物园、收藏室、为记录动植物而编制的图鉴画册。进入 18 世纪，几部重要的动物学著作面世，人们对于真实传神的动物图集更加热衷，再次印证了图示对于知识的储存和传播的重要性。

奥杜邦手绘的《北美鸟类图谱》是自然动物图鉴中的集大成者，他的走红可想而知。

奥杜邦的鸟绘作品，颇像中国画中的工笔，一羽一翼，精雕细刻，饱含深情。他也把那些形态逼真的鸟，一直放在适宜的环境中。森林、草地、原野、沼泽，或绿意葱茏，或野花陪伴。

这本绘有 435 种野鸟的作品，被誉为 19 世纪最伟大和最具影响力的作品。200 多年过去了，还在影响着今天的人们。其珍本在纽约克里斯蒂拍卖行拍卖到 880 万美元的天价，成为"世界上最贵的书"。

奥杜邦这个西礁岛的故居，建于 19 世纪 40 年代。那时他功成名就，应该有钱了。他不像有些人有钱就变样，他还是爱鸟，他恨不得长出 8 只手来画鸟。

花园环绕的小楼，是一个具有浓厚美国新古典主义的建筑，里面展示了他在此生活期间的一些家具和摆设。起居室里有钢琴、竖琴，不知谁弹过它们。经历无数个寂寞日子的妻子，早已离开。他的学生，组建了后来影响巨大的奥杜邦协会。如今，协会拥有全球 50 多万会员，出版杂志，制作电视节目，拥有或经营100 多个自然保护区。协会对野鸟的年度调查，已超过百年历史。他的儿子，后来接替父亲完成了大部分《北美四足动物》。那时的奥杜邦，生命已接近尾声，因为长期用眼过度，双目几乎失明，但他痴迷的目光，一直追着那些长翅膀的生灵。

奥杜邦故居的花园

他爱这些能飞翔的自由生命。他的生命也飞展得奔放自由。

故居各处有各种鸟绘。我凝视它们，仿佛看到了哥斯达黎加，在那里，我看到小蓝鹭正从湿地里飞起；我仿佛看到了非洲，在那里，我听到喜欢群居的深栗色彩鹮在沼泽地发出咕咕的叫声。因为栖息地减少和环境污染，现已濒临灭绝。

我想起欧阳修所写的画眉鸟："百啭千声随意移，山花红紫树高低。始知锁向金笼听，不及林间自在啼。"

我想起丽娜太阳鸟，那是菲律宾鸟类学家拉博发现的，以拉博妻子的名字命名。

鸟是世上最美好的存在之一。

奥杜邦故居的陈设

拉丁美洲

它不愧是中美洲最后的原始雨林，生态环境丰富多样，植被茂密丰美。

我们在阳桃（Carambola）花园。

"你们抬头看，蓝色的满天星。"导游说。

我抬头，但见七八米高的藤蔓上，

大朵蓝色的"老鸭嘴"垂挂而下，星星点点，如梦似幻。

向公众开放的私人花园

圣卢西亚是向风群岛自然风景最美丽的岛国，被称为"西印度群岛的海伦""加勒比的绝代佳人"。法国和英国为这个岛，不停地拉锯，岛上的国旗换了 14 次。

第二次来这里之前，我写下几个大宅的名字，希望找机会能参观一二。Fond Doux Estate，Arcen Ciel，Beausejour House……

一天，突听说圣卢西亚一家私人花园对外开放。我非常感兴趣，于是报名参加。

圣卢西亚，是我私人名单上的加勒比 Top10，这里海、山诸般美景令我念念不忘。这个叫斯托尼·希尔（Stony Hill）的地方，将我记忆中的醉人风光统统搬来。碧海仙山绿树红房，四下一望，全是好景。15 年前，男主人买下了整座山。

蝴蝶兰掩映的泳池，爬满紫色老鸭嘴的围墙，被艳丽的三角梅环绕的木板道……花园有三层，自己家有瀑布。

观海望山看花，林间小路散步。

一棵樱桃树那么古老，感觉成精了似的。这里没有四季，没有春来樱桃树叶吐绿那样的惊喜吧。一年四季百花绽放，主人一家会注意到樱桃小小的白花吗？这么大一座山，樱桃都不一定有人摘吧。

在泳池旁的庭院里，有招待客人的饮料和小吃。吃的甜点，喝的饮料，都是自家出品。这里可同时招待 200 人就餐，如果是鸡尾酒会，可招待 1000 人。

庭院的一角有个小展览，都是自家出产：番石榴、南美番荔枝、红薯、芋头、

圣卢西亚向风群岛的景色

姜黄、甘蔗、蓖麻……我想起小时候爬过的山，摘了蓖麻装满口袋，想起那时的狗尾草、雏菊，还有天真的时光。

我想起在西印度群岛的菜市场初见姜黄，乍看起来觉得和姜并没有什么不同。

而第一次看到郁金，是在一个原始森林。走了大约 20 分钟，看到一棵巨树倒伏而下，把路挡得严严实实，前一天下了暴雨。那原始森林，为一个白人家庭私有，女主人扛着锯过来。不知那树何时能清开，我没有往里面深走。自己过去没有问题，但那时孩子才 3 岁。主人知道我们没有玩得尽兴，把票款退还我们。我说没关系，人家坚持不要钱。

认识郁金花了很久时间，还曾把两个错误的名字安在它身上。

又过了很久，才知道姜黄和郁金是一家。郁金开在上面，姜黄埋在地下。

植物不仅是外化的存在，通过它们我们回望到自己的曾经，也观望到自己的内心。它们是我们各自世界的一部分。

球姜

郁金

在高大的杧果树下，在泳池前的木平台上，在大草地上，在山间小路，三三两两的游客在散步，闲坐。

我善于与人沟通，没多久，男主人跟我说："如果你愿意，可以进里面看看。"

屋子自然很大，没那么精致典雅。爱八卦的我注意到，他的妻子是个黑人。他们结婚时，她还年轻，而他已经满头白发。

如果拥有眼前这一切的前提是，你得跟一个老头生活，你愿意吗？两全其美的事，世间少有。良辰、美景、赏心、乐事，四者难并。

跟团游，时间有限，我没有时间询问他的故事了。

我更愿意相信他们之间是真爱情。亲爱的，我爱你，我买下这座山送你，我要把你喜欢的花、果，种满山。

离圣卢西亚不远，有个班得瑞著名的《日光海岸》所吟唱的地方。那是歌手蕾哈娜的故乡，名叫巴巴多斯。

相比8月的狂欢节，1月的花艺展览根本算不上什么。专门为此来的外国人也不多。

虽然巴巴多斯的花艺也在国际上获过一些奖，但这方面看多了，也没见有多少出彩的地方。

最吸引我的是，花艺展览期间，一些花艺协会会员的私家花园，会对公众开放。

我费尽千辛万苦，问了无数人，找到了第一家。主人是白人，花园不算大，也没有太多特色，但兰花很多。

西印度群岛的人普遍喜欢兰花，巴巴多斯还有个"兰花世界"，号称收集了西印度群岛最好的兰花，有5000多株。

花60元参观这么一个小花园有点不值，结果出门时，有人告诉我，这一张票，还可以参观隔壁另外一家。

隔壁这家很大气，一进门的大草坪就能感觉出来。房子建在一片高地之上，从后花园，从泳池，从园子一多半的地方，都可以看到大海。

生日蜡烛花第一次是在秘鲁看到的。这花期长达数周的金黄色花，在国内叫金苞花，象征富贵。不知主人知不知道这点。

白色大理石喷泉、白色木栅栏、白色铁艺座椅，配蓝色的蓝雪花、粉色蜀葵、白色万字茉莉。一切安闲静好。尘世喧嚷中，给我们一片幽宁。

南朝大海，春暖花开

巴巴多斯教育部部长家

鸟儿鸣叫，孩子奔跑。

谁能有这么一片大宅？一问，是教育部部长的家，他还做过大律师。

我逛逛停停，就当半天富人吧。

在洛克利（Rockly）路，还参观过一个私人花园。这个园子也不算大，但植物满满当当。路边，墙头，都摆满了一盆盆的花。矮墙外，就是高尔夫球场的大草地。这让我想起颐和园的"借景"。

紫色的鼠尾草、橙色的金盏花、粉色的玫瑰，各色兰花娇媚动人。

小喷泉里，石头青蛙躺在荷叶上喷水。二楼白色的百叶窗开了一半，老猫趴在那里。

在院子里，在廊下，大家坐着喝咖啡或茶。绿色的椅子，铺着花布的桌子。

两个老婆婆，太老了，平日也不见面，每年，仅花园开放的这几天才在这儿相聚。

风吹过。大树的叶子哗哗，清香来袭。

灿烂阳光，斑驳光影，下午静谧安好。

在圣基茨，在格林纳达，参观过不少这样的私人花园。这些花园的主人大多是白人。几百年前，他们的祖先掠夺、开发新大陆，这些不动产便一辈辈传下来。

参观这些花园的，也大多是白人。人的行为受环境制约，在加勒比各国，平均12%左右的黑人还生活在贫困线下。为生计奔波的人，是很少有闲心看花的。

我也没有多少钱，但我看待事物的方式可能与众不同。在我，只要有了照片，这就归我所有。我一翻开照片，就在属于我的世界里徜徉。这种方式好处多多，不用有钱，不用花时间花精力打理。打破界限，自由自在。其实，可以更进一步。这些照片也不一定非你所拍，网上看到的，书上看到的，只要看到，就为我所有。心游万仞八荒，世上美景皆为我所有。

在巴厘岛，在英国，都有很多向公众开放的私人花园。

我问过很多人的感受，没有一个人会说："他凭什么住这么好的地方，我凭什么没有？"

大多数的人都是感谢分享。这些花团锦簇、绿意盎然、生机勃勃的地方，让我们享受，放松，也让我们沉浸，沉思。

多罗茜·弗朗西斯·格尼曾说："世界上没有哪一处能比在花园中更接近上帝的心灵了。"

那些带着主人各自性情、品位、心血的私人花园，虽然只有某几天对我们开放，也足够让人感激了。

钻石买不来花园

在圣卢西亚，离著名的索夫里埃尔火山不远，有个热带花园，名曰钻石花园。

这里有小瀑布、小泳池，从火山上流下的小河。

十余米高的盖格树，绽放满树橙色的花朵，一簇簇的五瓣花。在别人眼里，我算识花。可这盖格花，在圣卢西亚，我还是第一次见。

风过，花飘落。"妈妈，花瓣瓣风。"千容说。在3岁前，千容最喜欢的故事是《花瓣瓣风，糖豆豆雨》。

树下有那么多橙色的落花，花朵那么新鲜，我都忍不住把鞋子脱了，怕踩坏它们。这么多落花多可惜啊，我忍不住把它们拾起来。戴帽子捡花不方便，我把帽子也摘了。

我找不到鞋子，千容用它们装花了。我的帽子，也被她装饰上了。

树上也挂着果子，青白色的果子，那么怡人的香。也是在圣卢西亚，才知道它的果实可以腌制食用。这花也叫仙枝花。

我总是尽量地给孩子讲，她能记住就记住；记不住，也有潜移默化的作用。我告诉她，这花属于破布木属。她对这名字，乐了半天。

粉扇花盈盈一树。黄绿色的依兰花，在高高的绿树上不甚显眼，可满树芬芳。依兰，又叫香水树。世界著名的"依兰"香油，就从中提炼。依兰还可以舒解愤怒、焦虑、恐慌情绪。

"假装我现在很愤怒。怒气分雾（她自创词）。我闻到了依兰的香味。"她做动作，

洒落一地的盖格花

"我一下子安静下来。"

天真的表演，笑死我了。

我告诉千容这是郁金时，她说："妈妈，你确定它是郁金，不是郁金香？"

"郁金香你认识。你看它像吗？"

千容摇头。在西方的烹饪中，芥末里常常加它，用来增加香味。它也是咖喱粉的原料之一。

千容认识了新植物，十分高兴。一高兴，摔了一个跟头。"幸亏我穿裤子了，"她说，"没破，不过还是有点红。下次我穿两条裤子。"

大约一个月后，我带千容逛街。逛到珠宝店时，我突然想告诉她什么是真正的珠宝。以前，她把塑料做的、玻璃做的、石头做的、只要看起来外面闪闪发光的，通称为宝石。我第一次告诉她，那有着海洋般蓝色的彩色石头叫海纹石，那闪闪发光的是钻石。

她抬头问我："妈妈，我们在圣卢西亚参观的那个花园叫钻石花园？"

我表扬她的记忆力，虽然她的语气是不确定的。

当天晚上，和闺密雯在微信上说话，给她传了几张海纹石的照片，问她喜欢不。她说："我正想和你说件事呢，也跟珠宝店有关。"

"大同准备给你开个珠宝店？"

"我觉得我们悬了。前些日子，我和大同不是去选结婚戒指吗？当天时间有限，我没跟你说细节。我看中了两个戒指，到底选哪个，我比较半天，举棋不定。"

"你也要多参考他的意见。这戒指意义重大。"

"我问大同的意见了，他说看我的。我当时还想他真好，现在想来，他是心不在焉，懒得花心思。我左比较，右比较，最后选了一个。你知道今天发生什么了吗？我看到我的同事林梅，戴了我没选的那个戒指。因为当时选了半天，所以我对那枚戒指也记得非常清楚。我感觉一下子快窒息了。"

我哈哈大笑："这是哪儿跟哪儿呀？这戒指不是专属定制的吧。谁都可以去珠宝店买啊。"

"林梅家里很穷。凭她挣的那点钱，根本买不起钻戒。"

"也许她戴的是假的。"

"她说了是真的，她从不撒谎。而且，就在我买钻石的那个珠宝店。"

"你怀疑是大同给她买的？他们认识？"

"有次加班，大同来接我。林梅和我在一起，我觉得太晚了，她一个女孩不安全，还让大同把她送回家。当时我非常信任大同，到我家门口，我就下了，让他把林梅送回去。"

"这还是挨不上边儿。认识能怎么着？"

"我怀疑林梅的戒指时，突然想起来一件事。林梅和我关系很好，我给你讲过吧。前些日子，她搬家，又赶上加班，她累病了，请假在家休息。有一天，有她的一个快递，是水果。我觉得水果不能搁，下班后就给她送去。当天晚上我和大同要去吃饭，所以我说到林梅那里送了东西就走，让大同在楼下等我。我下去时，大同在玩手机。我说有网吗？他说连上 Wi-Fi 了。我问他来过这里没有。他说没有。他没有来过，但他的手机自动连上 Wi-Fi 了，这说明什么？说明他撒谎了，他来过这里。"

这确实有点问题，但我还是让雯要相信人家，别胡乱猜疑。

"我想起你给我讲的那个故事，一个女孩，虽然她男朋友没钱给她买一套好的公寓，但那房前的花园感动了她。你讲这故事时，我想起大同。心想有钱什么买不起？能买得起这么大钻戒的人，就有能力买别墅，别墅都是有花园的。这次钻戒事件后，我突然觉得，钻戒买不来花园。花园需要心思、心血、时间、精力。就像你讲的故事，男孩辛辛苦苦把一个花园建起，他是不可能再建另一个的。钻戒就不同，它是成熟的商品，就摆放在那里，只要有钱就可以买。他今天可以给你买，明天也可以给别人买。

这些天，我重新考量大同，发现他是隐藏很深的人。有一次，我们去菲律宾，看到一种树，紫红色的杆，开着白花。当时旁边有一对小情侣，一吹那花，那些花蕊就动个不停。当时大同说'就像一群姑娘在跳舞'。"

"能这样说话的，说明城府不深，隐藏个鬼啊。"

"就失言过这一次，后来他再不说了。你知道那是什么花？"

我想了一下，"火焰树吧。花筒紫红色，前端炸开五片洁白耀眼的长形花瓣。从它的花筒到花，确实像绽放的烟火，也叫星烁山茉莉。我在圣卢西亚，还见过这花。"

仙枝花，又名盖格花

茂密的热带花园

巴巴多斯

一树繁花

一条幽静的小路把我和千容带到"鲜花森林"。在中国北方长大，我习惯了花园都是平地上的。而加勒比的很多花园，比如眼前这个，却是万紫千红中可登山，能望海。

这座占地 20 公顷的花园，坐落在苏格兰区的高地上。茂密的花草中，一条条小路弯弯曲曲。

火炬姜，又名"瓷玫瑰"。我和千容第一次见它，是在一户人家的客厅里。我围着它不停地拍照，就快忍不住伸手了。花色那么漂亮，花形那么优美，虽然问过主人了，我还是无法相信它是真的花。现在在"鲜花森林"又欣喜地看到它的踪影。林中见它，亭亭玉立，如遇仙子，素默以处，无欲澄怀。

六瓣淡紫色的凤眼兰让人过目不忘。最上面的花大些，蓝色中有块明显的鲜黄色，形如凤眼。千容说："更像孔雀羽翎最下面的花点。"

1844 年，在美国的博览会上，凤眼兰被誉为"美化世界的淡紫色花冠"。自此以后，它作为观赏植物被引种栽培。在原产地巴西，因为它有天敌而受到控制。于是到了世界各地，没有对手了，便疯长起来，在亚欧非几十个国家造成危害，现已

瓷玫瑰

凤眼兰

被列为世界十大害草之一，排位第二。在我国的外来入侵植物中，它的芳名也排在前列。

不过水边的凤眼兰，倒是清幽靓丽，充满野趣。

总和千容说植物，探讨植物，她都差不多会给它们起名字了。在这里，我们见了一种黄色的花，花很小，密聚成穗状花序，由茎侧穿鞘而出。

"我感觉它也是姜科。"我说。

千容说："那就叫穗姜吧。"

我顺着穗姜的线索，果然查到了这花。竟然和千容起的名字差不多，是扁穗姜属。

开在高高枝头的非洲郁金香，喜温暖湿润和充足阳光的红苞蝎尾蕉，林下阴湿处的红球姜……大自然宽厚的怀抱，让这些美丽的生灵千娇百媚。

蝎尾蕉

非洲郁金香

红球姜

　　我第一次见蓝花藤是在蒙巴萨。那由形状不同、颜色深浅不一的两部分组成的蓝紫色花朵，让人神清气爽。可好久都不知这花叫什么。

　　后来在西印度群岛认识了这花。西印度群岛，正是这花的故乡，常见一片一片的蓝花藤，盛开如梦。

　　在安德洛墨达花园，还能见到非常少见的白色蓝花藤。阳光下，这花又是别样风姿。这座于 1954 年由爱丽舍·班诺奇夫人私人建立的花园，占地 2.4 公顷，紧挨着大西洋岸边山崖，以热带花卉闻名世界。

　　我记得在中国南方，龙船花是在赛龙舟的季节开放。在西印度群岛，它却是不停地开。

　　海里康，因为有绚丽的花絮，一直为园艺师垂青，成为园艺中的流行植物。早期的探险家从热带带回几个品种，很快成为欧洲温室里的名花。因为它的叶子和芭蕉很像，最初把它列入芭蕉科。1771年，林奈建立了一个新属——海里康属。

　　我和千容认识酸角，是跟广西的一个小朋友。之后，一路过酸角树，千容就在树下捡果子。而眼前这根咖啡色的小棍子，如果不是听当地人说，不是亲眼看他们吃，我是万不敢让孩子放进嘴里的。把小棍子切开，里面是一个个小格子。格子里面的东西，能吃，有桂圆的味道，也有龟苓膏的味道。当地人说"能清除体内垃圾"，只不过里面的东西太小了，又要吐籽，吃起来很麻烦。因为这东西猴子很爱吃，所以叫"猴子酸角"。我曾在微信朋友圈里让大家猜这是什么，但没有人知道。仿佛那句"闲折一枝持在手，细看不是人间有"。不过折起来可有些困难，它们在高高的树上。这树开花时也非常漂亮，有成串的黄色花朵。

蓝花藤

金苹果

海里康

鲜花森林

巴巴多斯还有一种树,粗壮的树干上长满刺,当地人叫"猴子不爬树"。

热带地区的树都长得高猛。有一次看一部纪录片,说热带的竹子,一天有长5米的,我至今都不敢相信。我习惯低头看花,但在热带,都得抬头仰头。粉色的风铃花随风从三四十米高的树上一阵阵飘落,让千容有"下花瓣雨"的感觉。那又和樱花树下的花瓣雨感觉不同。三四十米,花是在空中舞动了半天下来的,很梦幻。

我原来的概念,树是树,花是花。树即使开花,也是橄榄树那样不起眼的小花吧。在加勒比,我的老观念是彻底被颠覆了,高树常常开花,而且是美丽的一树繁花。

亨特花园老宅里的钢琴演奏

杂志上,亨特花园热带浓荫下的藤椅,下午茶,让我心有想象。虽然我觉得非常可能的是,这只是为了上画报摆摆样子的。就像《城市画报》约我去葡萄酒庄园"体验"生活,一路上,我们要在不同的地方买面包、格子布、篮子,从庄园里拿来葡萄酒,然后摆拍。就像为了一张照片,《时尚》要为我借场地,借名牌衣服、高跟鞋，甚至还有我从来不戴的名表，背景板画上适合我旅行风格的漫画，然后让我在摄影师的镜头前走 20 多遍。

　　我眼里代表闲适的座椅，在这花园里竟然随处可见，非我臆想的仅为摆拍所用。这些椅子，有石头的，有木头的，有藤的。它们绝非仅仅摆在那里，而是优美地被组合在热带花树之中。虽然也不免有人工痕迹，但那也算是它们最本真的样子。

　　植被的密植也远远超出我的想象。我在美洲参观过几十个花园，这是所留空地最少的，感觉被鲜花绿丛紧紧地抱着。

　　我见过红掌、粉掌、白掌，在这里，第一次见到还有紫色的。在这儿也见了很多新品种的兰花。

　　花园的一步一景，让千容兴奋，只是蚊子太多，又忘记给她身上喷药了。

　　这个著名的花园里，有个同样著名的老宅，从气势、布局都可以看出当年的盛景。现在，即便不太装饰，于破旧中还是有贵族的风貌。

　　老宅里有个小商店，千容看中了一个挂在廊下的"蓝眼睛"。我在土耳其旅行时，经常见这东西，也给别人带过，但那时还没有她。

安祖花（红掌）

少见的紫色安祖花

结果，人家不卖，说是多年前一个朋友送的。"每天，不同时段的阳光照在上面，这蓝眼睛的颜色就不同。"主人拿起，又端详了半天。

虽然没买到东西，但很开心。世上有很多东西，远比商品贵重。

这时候也才发现，这里商品的摆放不是那么有序，和自家客厅、回廊的装饰混在一起。大大的回廊、几个客厅，都可以随意停留休息。有服务生送来朗姆酒或饮料。紫色、绿色的兰花，这里那里地开着。

这里的人很少，一下午，除了零散的几个客人，还有一个旅游团，团员都是老人。有个人老得虽然拄着拐，但走几步就得歇一会儿。好在这个花园，处处有别致的椅子。我敬佩这老人的勇气。每个人身上，都有值得他人学习的东西。

老人们在老宅宽阔的门廊下坐着，喝朗姆酒或果汁喷趣酒。

"谁能弹钢琴，我有奖励。"主人捧出一大盆凤梨，放在茶几上。一架华贵的三角钢琴，等待着。

他说了 3 遍，没人理会。他们都太老了，对展示才艺早失去兴致了吧。

千容举手："我可以。"

亨特花园

主人不相信，疑惑的眼光仿佛在说："这么点大的孩子，会什么？"

"你确实要弹吗？"我问。

千容说是，走了过去。

她弹了，掌声很响。

"你会弹《老麦当娜》吗？"一个老人问。

"会。"

在掌声里，千容离开钢琴。

"给，你的礼物。"主人说着，递给她一个石头乌龟。一大盆蓬蓬勃勃的凤梨花，怎么也值几十元钱，带不走，送人也好啊。现在竟然变成了拇指大只值一两元钱的石头乌龟，这不是欺骗孩子吗？转而我又想，这花没准是给这个团的礼物，团员带不走，导游拿着。导游一高兴，下次还带人来。成人世界的复杂就别污染孩子纯真的心灵了。也许，主人觉得孩子更喜欢乌龟呢。

我什么也没说。

孩子的眼里没有贵贱之分。她很高兴："妈妈，这是我得到的礼物！"

凤梨

在花园就餐，

在种植园住宿

普莱姆斯宫廷花园

传统上，花园只是看花赏景、散步休闲的地方。在加勒比地区，最近几年花园又加入了许多新功能。比如花园里办餐厅，花园 party、花园婚礼等。确实，能带来浪漫气氛的，首推鲜花。

普莱姆斯宫廷花园（Plams Court Gardens）地理位置优越，就在圣基茨和尼维斯首都巴斯特尔老城区的小山之上。起伏的群山环抱着的，是加勒比松石绿色的大海。游艇、帆船、豪华邮轮，站在普莱姆斯宫廷花园，便能将港口美景一览无余。

泳池当然必不可少。游累了泡累了，岸边宽大的布艺床榻等着你。或躺或卧随你，反正周围没有一个人。

泳池左边，土黄色的墙、马赛克、三角梅，很有北非的感觉。泳池右边，橙色的靠垫配棕色的躺椅。白绿相间的凉亭等你登高。真的可以说，随处一看，到处是景。

暖阳之下，坐在庭院橙色的沙发上，来杯花园自制的冰激凌。除了生死，人生都是闲事。

工艺吊灯下，栗色木桌上，摆着简单的插花。花都是花园自产的。

普莱姆斯宫廷花园

普莱姆斯宫廷花园泳池

俏丽的蓝雪花，风姿曼妙的姜花。海里康、蓝花藤……典型的加勒比花园。

一辆老爷车停在那里，仿佛停下的旧时光。

就餐在户外还是户内，任由选择。吊床，东南亚风格的床榻，任由放松身心。花园秘制的南瓜汤风味绝美，还有世界上最好吃的排骨。餐品结合了欧洲、墨西哥以及当地特色。

当地最好的贝壳工厂，也在这里。

这个老宅，曾经是加拿大皇家银行为派驻在这里的经理所选的住所。因为经理是几年一换，所以住宅没有得到很好的规划。2003 年，房子有了新主人，才有了如今的面貌。房主也捐助一些教育项目，在圣基茨和尼维斯受人尊重。

奥特利种植园

奥特利种植园价格不菲，一晚住宿 1700 多元人民币。但住下来，你会觉得很值。它将气味、情趣完美地融合在自然之中。

庄园坐落在利亚穆伊加火山（Liamuiga）下，俯视着大西洋。广阔的草坪适合奔跑、散步；宽大的吊床适合歇息、做梦。或是来个杧果兰花的 SPA，让自己沉溺一下。

莲雾有的开花，有的结果，看着真是喜人；刺果番荔枝果实硕大，结结实实；加勒比樱桃像一颗颗红宝石；杧果树硕果累累；棕榈树的种类数也数不过来。密林深深，等着你去探寻。

绿猴一家在吃香蕉。加勒比三个岛有绿猴，圣基茨和尼维斯是其中之一。小绿猴和它妈妈在草地上玩耍。真的像小孩一样，一会儿亲它妈，一会儿往它妈身上冲。

蜂鸟悬停在爆竹花前，蕉森鹦忙着筑巢。旅行作家卡梅隆（Cameron）说："如果你的一生只能有一次旅行，那么，就是这里。"这话有些夸张，但庭院美景确

奥特利种植园

实令人难以忘怀。

圣基茨和尼维斯从前是英国殖民地，现在是英联邦国家，建筑自然有英国的影子，当然也结合了当地裙衫楼的特色。房间宽大，装饰典雅。窗外或是海景，或是庭院美景。在白色的回廊下坐那么一下午，人生何求？

享有声誉的餐厅，也是庄园的亮点。建在石头废墟中的，那是从前的糖厂。不久前在这里举行的新闻发布会宣布，圣基茨和尼维斯首届美食节将在 7 月举办。有40 家餐厅参加的美食节，最令我向往的就是面包果大赛。这个最初黑奴不肯接受的东西，现在成为加勒比各岛的美食。

贝尔山农场：从农田到餐桌

贝尔山农场度假村，现在是加勒比最奢华的 7 个生态旅游地之一。价格也是 7 个之中最贵的。当地报价是一晚 2250 美元（含餐饮及娱乐项目）。国内预订是住宿一晚一万多元人民币。

不过它的气势，从一进门就看出来了。在开满此国国花火红凤凰树的路上，我们拐进小路。在看到基茨山（Kittitian Hill）标志不久，一个 18 洞的高尔夫球场出现在左边。

与其他高尔夫球场不同的是，在这个高尔夫球场里可以找到吃的，比如第九洞附近的杧果。球场每周关闭一天以便除草，这是让无农药的高尔夫球场保持良好状态的最简单方法。

"从农田到餐桌"，是此度假村对外宣传的口号。完全无农药的绿色食品是现代人最在意的。确实，在度假村经理、农业专家带我参观的几小时里，我看到了自然生长的各类食物。从本地热带水果菠萝、爱情果，到羽衣甘蓝、南瓜、中国大白菜（加勒比和非洲一样，中国大白菜到这里都不包心了，散开状，因为这里晚上也不冷）和日本生菜。它们没有超市里的蔬菜水果那么大个、鲜亮，但它们充满了自然的气息。

农场经理，他妈妈从小给他起的名字是 Shoy。长大后他觉得自己长得像鲍勃·马雷，就改名叫了塔法里（Yahsonn Tafari）。这里顺便说下在加勒比很有影响的一件事。拉斯塔法里运动（Rastafari movement），又被称为拉斯特法里教（Rastafarianism），是从 19 世纪 30 年代起自牙买加兴起的一个黑人基督教宗教运动。

凤凰树

信徒相信埃塞俄比亚皇帝海尔·塞拉西一世是上帝在现代的转世，是《圣经》中预言的弥赛亚重临人间。拉斯特法里（Ras Tafari）一名即是对海尔·塞拉西的指称，其中 Ras 是阿姆哈拉语中"首领"之意，Tafari 是海尔·塞拉西即位前使用的名字。

这是一个包装的时代，再环保、再绿色的东西，在一个丑陋的小村里还是无人问津。

农场经理塔法里在特立尼达岛与别人共同创立过两个政党，被称为加勒比海地区史蒂夫·乔布斯的肯帕杜，我想他深知这点。他请来设计师比尔·本斯利助阵，这个世界知名的建筑师设计过很多奢华酒店，比如苏梅岛的四季酒店。

在一个遍布绿色植被和各色木头工艺品的地方，我乘坐电瓶车开始上山。在热带雨林中，车行了 15 分钟左右到达酒店大堂。迎宾小姐是 24 岁的卡伊芙·阿姆（Kaeve Arm），是圣基茨和尼维斯的选美冠军。

青山翠谷，蓝碧大海，真是美景与美色同享。

舒洁优雅的大堂里，最令我惊叹的就是餐桌模样的大秋千上，简洁地只放了一

贝尔山农场

个铁皮盒子。盒子里面是农场自产的蔬果。

在一路优美景色的带领下，来到我曾在画报上看到的地方。塔法里先带我参观了还没完全建好的客房。度假村现在的房子，除卧室外，其他房间，包括客厅、浴室，都在室外。与天地同浴是什么感觉？

"不怕被别人看到？"

"这是没装修好的。装修好的，有茂密的植物挡着，外面看不见。"

在百香果挂满枝头的庭院门前，一个典雅的隔离绳子挂着。"这样，就表示客人不想被打扰。"客房部带我参观的琳达介绍说，她随即把绳子的这端挂到那端，"这样，就是需要打扫房间了。"

和之前见过的大堂一样，这些别墅将宏伟的石头和拱形圆柱完美地结合在一起。当然也少不了浓郁的加勒比海风情。

被浓密植物围绕的是大大的白色床榻。白色的床榻放于室外，也是够奢华的。

奢华的一个判定标准还有：多少人与你分享这美景。再好的景致，挤进太多的人，也很难谈得上美了。

我在贝尔山的这天，只有 4 个客人。

木平台之下，是无限游泳池。洗手间、浴池，统统在室外。茂密的竹子挡着，确实看不见。

卧室不大，却设计精美，是我喜欢的蓝白色系。当然，这样的地方，用品也是有相应品质保证的。奢华的弗雷特（Frette）床单和毛巾、四柱大床，就连室外浴室都配备了众多的奢华设施，包括爪足浴盆。

对开的白色木门打开，窗外的山景、大海，统统入眼。如果你腻了阳光，就把窗帘放下，那就变成了大屏幕的投影电视。

可以在乡间小路上散着步去餐厅。如果想偷懒，也可以通过 iPad 点菜。负责管理餐厅的是行政总厨克里斯托夫·莱塔尔，他曾在欧洲和加勒比海地区的罗莱夏朵精品酒店集团的酒店工作过多年。

度假村的菜单上不会找到汉堡或牛排，因为当地没有牛肉产业。如果有客人想品尝阿拉斯加帝王蟹和挪威鲑鱼，对不起，没有，以后也不会有。因为，这并不是肯帕杜的经营方式。他的方式是"可持续性""生态友好"和"社会责任"。

也许你觉得这些话过于大，那么先说一点。圣基茨岛酒店行业中的其他企业，只有大约 10% 的营业收入留在该岛。而贝尔山度假村主要雇用当地员工和劳动力（约占 90%），肯帕杜相信，通过雇用当地员工，他可以保留 75%~80% 的营业收入在岛上。他的理想是最终把度假村的股权归还给圣基茨和尼维斯人民。

完全依靠可再生能源来运行这个总投资 4 亿美元的项目，是肯帕杜的规划。不管结局如何，这个策划大师在项目开工建设前就出售了价值 1 亿美元的房地产。实现规划则凭借他对加勒比海可持续发展酒店的大力宣传，以及对那些来自东欧、亚洲（很多中国人）和中东发展中国家的精英人士格外具有吸引力的投资入籍承诺。承诺涉及圣基茨和尼维斯为众人所知的移民政策：外国人只要对政府批准的房地产

贝尔山农场经理

　　项目投资 40 万美元以上，就能获得圣基茨和尼维斯联邦护照。持此护照，能免签包括欧美在内的 129 个国家。而且和移民其他国家不同的是，它不要求你在此国居住相应时日。可事实上，持这个国家的护照，并非宣传上说的那么顺畅，已经有一些人被一些国家拒签了。因为这个国家的护照（估计是全球最特殊的一个）：上面没有持证人的出生地（此国正计划护照改革。但即便这个国家的人口只有 5 万多，想要收回全部的护照也是个庞杂的工程）。可能还有其他方面的原因吧，加拿大已经取消了该国护照的免签，而入籍此国，也不像该国宣传的那样 40 万美元就能顺畅进来。它还包括家属费用；如果你想卖了此项目，必须卖给新的移民者，而非当地人等。

　　不管怎样，加勒比海地区最值得期待的酒店在 2015 年 12 月开业了。贝尔山农场的落成，肯帕杜希望让缺乏高端酒店的圣基茨岛（尽管柏悦酒店最近在岛上另一端的克里斯托弗港破土动工了）成为湾流（Gulfstream）私人飞机的新目的地。的确，岛上正在建设新的私人飞机跑道。

中美洲最后的原始雨林

洪都拉斯，是我上中学地理时就梦想、向往的地方。

它不愧是中美洲最后的原始雨林，生态环境丰富多样，植被茂密丰美。

我们在阳桃（Carambola）花园。

"你们抬头看，蓝色的满天星。"导游说。

我抬头，但见七八米高的藤蔓上，大朵蓝色的"老鸭嘴"垂挂而下，星星点点，如梦似幻。

千容问我这是什么花？我说"老鸭嘴"，千容乐个不停。

"那你说它叫什么名？"

"蓝喇叭花。"

我跟她讲，"这是大花老鸭嘴，爵床科，山牵牛属。牵牛花，也叫喇叭花。"

"妈妈，为什么你什么都知道啊？"

"没有人什么都知道，只有通过不停的学习才会知道。"

藤蔓上的"老鸭嘴"随风摇曳。虽然这花的名字不甚好听，但花朵淡雅美丽，开得繁盛。

"它为什么叫这名字，是它妈妈给起的吗？"

我说这是人类给起的。

"那青蛙管它叫什么？小鸟管它叫什么？"这个4岁的小孩又问。

　　她两岁多时，有一阵总是这么问我："妈妈，如果我的名字证（应该是身份证）上写的是冰箱，别人怎么叫我？"

　　"叫你冰箱啊。"

　　"妈妈，如果我变成紫色，你还认识我吗？"

　　"紫色的什么？"

　　"就是紫色。"

　　"妈妈，如果我掉到马桶里，脏了，你还要我吗？"……

　　大部队随导游都往前走了，千容还愣在那里。我问她干吗呢？她说："我想象这藤蔓是一个花秋千。我正在荡秋千呢。"

　　我们第一次见到可可树。可可青白色的大果子，直接挂在树干上，太好玩了。成熟的可可果，则变成了红色。亲眼所见，比教科书生动多了。

　　有种奇怪的果子，见过好几次，一直没问出叫什么名字，今天终于知道了，它叫诺丽果。几千年前，生活在南太平洋群岛的人们就发现这果子富含人体细胞体细胞之成分，有强身的功效，当地人称它为"植物之后、上帝的恩赐"。

　　千容对香蕉习以为常，没想到香蕉的花这么大，这么艳。

　　黄白姜花俏丽多姿；生日蜡烛花真像蜡烛；绒线绳花真像一条条的绒线啊。

　　千容问我这黄花叫什么，我瞄了一眼说："鸢尾啊。我不是给你看过凡·高画的《鸢尾花》吗？"

　　"我记得那是蓝色的，和这不一样啊。"

　　"这是黄扇鸢尾。"

　　"妈妈，有说明，你再看看。"

　　我都这么清楚地告诉她了，还让我看什么说明，不是挑战我的权威吗？但我低头一看，还真学到了知识。这黄扇鸢尾，还叫"走路鸢尾"。千容对这名字非常好奇。

　　"它能走到哪里去啊？"

　　"这个说明上没写，我也不知道。"

　　孩子好奇的时候，教她最好了。我赶紧上了网，给她查。原来是花鞘内的黄花开完后，会长出小苗。随着小苗长大，花茎会下垂至地面，小苗即能着地发根成新植株，因此其英文名为 Yellow Walking Iris（直译为黄色走路鸢尾）。

　　见到黄包蝎尾蕉时，千容喊"天堂鸟"。它们确实很像。这花也叫金鸟鹤蕉，

可可树

春蕉花　老鸭嘴

诺丽果

圭日蜡烛花（国内叫金苞花）　黄扇鸢尾

老家就在美洲。

文殊兰长长的花梗，亭亭玉立，伞状的白色花序，像曼妙的手指。那么超凡脱俗，一见静心的感觉。

彩叶木、肉桂树、桃花心木、腰果树……

导游特意给我们介绍了一种花"昨天、今天、明天"。

这种常绿灌木上，开着蓝紫色、浅紫色、白色的花朵。不是各种颜色嫁接在一起的，这种开放五天左右的单花，初开为鲜艳的紫色，后慢慢颜色变淡，最后成为白色。它们分别象征了昨天、今天、明天。这种香味接近茉莉花香的小花，我后来知道了，叫鸳鸯茉莉。其茎叶、根皮有毒，可入药，可解热、解毒，可治风湿、关节痛、类风湿痛。世界真是绝妙，一个地方，就有一个地方的特产，专门治这地方的疾病。在湿热的洪都拉斯，这个正合适。

花色变化，像花的一生。花开花落几春秋，又是人的一生。

与鸳鸯茉莉接近的还有白色鸳鸯茉莉。花初开为白色，后慢慢变成淡黄色。白天没有香味，落日后开始变香，越晚，香味越浓。仿佛人约黄昏后的美人，愈晚愈曼妙多姿。

突然，一个说明牌上的"Basilisk"把我的眼睛牢牢吸住了。巴吉里斯克（Basilisk）在希腊和欧洲的传说里，是所有蛇类之王，并且能以眼神致人于死。用眼神杀人，这杀伤力太强了吧？

关于巴吉里斯克形象，有三种不同的描述，第一种是巨大的蜥蜴。

我是断章取义。牌子上是 Basilisk Lizard。Lizard 是蜥蜴，这 Basilisk Lizard，翻译成蛇王蜥蜴？我想问导游，突然想起来他是外国人。导游看我研究半天，就给大家介绍这蜥蜴。在洪都拉斯，它叫 Monkey La La。

以昆虫为食的这种蜥蜴，生活在低地，需要通过晒太阳来保持体温。总晒太阳，难免容易被天敌捕获。有从空中来袭的大型鸟类，有从陆地进攻的肉食动物。空中、陆地，两个方向被堵死，这特殊的蜥蜴就从第三条路——水路逃生。

导游的介绍，却没让我产生多少兴趣。在大开曼等很多地方看过蜥蜴，不是很喜欢这东西。结果没几天，在乌鲁阿河边，同行的当地人喊 Monkey La La，指给我看时，我看那蜥蜴竟然在水上跑。像什么呢？像武侠小说里的轻功。我一时惊异得恍惚错乱，以为自己在看动漫。

我懊悔没用相机拍下它。人家告诉我，"别后悔了，你的相机根本拍不出。能见到，已属幸运。虽然 Monkey La La 是从水上逃生，但经常是潜进水里游走，不是总这么在水面上走的。"

不像昆虫那样身轻如燕，又能不打破水面张力的平衡，它体形这么大，怎么做到这点的呢？

我一问，人家回答："它能以合适的角度摆动两条腿，令身体向上挺，向前冲。"

我还是不明白。

"关键还要速度足够快，"人家看我疑惑的样子，跟我说："具体我也说不清，你还是去问 Monkey La La 吧。"

也许是这神秘莫测的丛林，挑战了动物构造的极限，让我们人类在这特别的生存法则面前大开眼界。

洪都拉斯人很喜欢 Monkey La La。有一款著名的饮料就叫这名。在沙滩上，我喝着这饮料，陶醉于洪都拉斯迷人的海滩。这里有世界第二大珊瑚礁，是著名的潜水胜地。在这里，我目睹了一个男人的死亡。他从德国不远万里而来，潜水后心脏病发作。

其实，我们的背景里都有死亡，或近或远而已。

千容还想问这老头的事，我指给她看沙滩上的紫色花朵。

Monkey La La

"五星喇叭花。"千容又命名。

"这是马鞍藤，人称海滨王后。"

谢谢花带给我们安慰、寄托和希望。

我又想起鸳鸯茉莉。千容是我的昨天，这老头是我的明天。在昨天已经远走，明天还未来临之前，让我们不念过去，不畏将来，珍惜眼下的美好时光。

花开花落，美好自然。

后来我和千容去牙买加，在攀登完邓斯河瀑布后，她在树下捡了一朵白色的小花。走到停车场时，她半天没跟上来。我回头，看她蹲在地上。怎么了？我心一惊，急忙走到她身边，发现她没事，是一只蝴蝶躺在地上不动了。见我过来，千容起身跟我走了。没走几步，她又折回，这是干吗？我心想，但见她跑到蝴蝶身边。"它在这里，别人不注意会踩死它的。"她把蝴蝶从路中间捡起，放到路边，"在这个安全的地方，没准儿它能活过来。"

走了十几步，她又转身。

"千容，你还干吗呀？人家等着呢。"我说。有个当地人一路陪着我们，此时早已到了我们停车的地方。

千容举着手里的小白花说："我把这个送给蝴蝶，让小花陪着它。"

花与蝴蝶

面包果、鹦鹉、

蓝莲花

圣文森特和格林纳丁斯，这国家的名字很陌生吧？它遥远，没有和中国建交；对外也没有那么开放，首个能停大飞机的国际机场，才刚刚动工。

《加勒比海盗》系列电影风靡后，有些人开始知道这个国家，电影的前三部，取景都在这里。

我来这里，因为首都金斯敦的植物园，是西半球历史最悠久的植物园之一。建于1763年的植物园，是为了给远在伦敦的基尤植物园提供一个热带植物的研究和培育基地。

这基地成绩非凡，一个著名的例子就是面包果树的引进。今天，面包果不仅是这个岛国，也是西印度群岛其他岛国最受欢迎的食品，可当初的情景完全不是这样。库克船长在南太平洋发现了面包果，认为这种廉价而有营养的食品可充当西印度群岛黑奴的粮食，建议威廉·布赖上校将面包果带到西印度群岛。1787年，威廉·布赖上校带着第一批面包果乘坐皇家海军"恩典号"舰从塔希提岛出发，途中遇兵变，耽误了时间，直到1793年才到达金斯敦。这种陌生的食品，淡而无味，一开始，奴隶们碰都不想碰。他们还是愿意吃香蕉和木薯。

高高的大树上，宽大的叶子掩映其中，面包果绿色的大果子，引人注目。

我非常喜欢吃面包果，最喜欢蒸了后用油煎。

现在，这国家每年还有面包果节。

说到圣文森特和格林纳丁斯的特产，爱鸟的人都会知道圣文森亚马孙鹦鹉。这是该国的国鸟，可以说是世界上最稀有的鹦鹉之一。不管绿色型、橘色型还是棕色型，都羽色艳丽丰富，绝对没有两只颜色完全一样的。

本来，这个特有物种，分布在这个 290 平方千米的小岛上，应该会生活得很好，但因为 20 世纪的捕猎、火山、非法贸易、森林缩减，使得它们濒临灭绝。1984 年圣文森亚马孙鹦鹉主要栖息地仅存 16 平方千米，这就是佛蒙特自然风景小道的圣文森特亚马孙鹦鹉保护区。

因为这些年的保护，鹦鹉数量有所增加，现在是 500 只左右。我认为，500 只鹦鹉，能见到三五只应该很容易。进了山里才知道，这真是大海捞针。在第一座小桥附近，我遇到两拨下山的人。你们看到鹦鹉了吗？他们都遗憾地摇头。而我在山里的鹦鹉观察站翘首 4 个小时，等到黄昏，才看到这美丽生灵的彩色翅膀，像彩虹一样掠过天空。为这惊鸿一瞥，我摸黑下山，困难重重。

如果时间有限，或不愿爬几小时的山，又想看这特有的鹦鹉，那么就去金斯敦植物园。

面包果

从正门进去，一直往里面走，最右边就是。

近距离看，这圣文森亚马孙鹦鹉，更气度非凡，衣衫华彩，仿佛天上的锦缎。

我和它们说"Hello""你好""Bonjour"（法语你好），都没有理我。结果我说"Hola"（西班牙语你好），它们开腔了，热情相迎，不停地说，声音好大。

圣文森亚马孙鹦鹉

这鹦鹉寿命可长达 80 年以上。愿你们在这里生活尽可能开心，别伺机往外跑了，外面的市价都到 1 万美元了，有多少人想抓你们啊。

鹦鹉宿舍门前，有棵高大的炮弹树。我第一次见炮弹树，是在马来西亚槟城的植物园。那时我还是记者，去马来西亚参加一个亚洲记者会议。这树的果实太特别了，导游介绍后，我们几个记者过去拍照，合影。可是直到今天，我才看到这炮弹树长在老枝上的新奇花朵。

植物园有个莲花池，里面有很多蓝莲花。

莲花池旁边有个小亭子。小亭子我以为是给人休息的，结果里面也种着蓝莲花。

我第一次看到蓝莲花是在埃及，初见即为这清绝的美陶醉，以为非人

炮弹树

金斯敦植物园的蓝莲花

间所有。之后在毛里求斯、塞舌尔、圣基茨等多国见过。每次见面，都惊喜不已。

有个女人也在莲花池边徜徉很久。我终于收起相机时，她和我搭话。来自泰国的这女人说："在每个女人转世投胎前，佛祖都会给她三朵莲花。红色的，白色的，蓝色的，你选哪个？"

我选了蓝色后，她告诉我答案。红色的象征富贵，白色的象征美貌，蓝色的象征智慧。

"富贵、美貌都会随风而逝，只有智慧能永远伴你左右。在人们追逐金钱物欲横流的年代，你有自己清醒的方向。"

我想起许巍的《蓝莲花》：没有什么能够阻挡，你对自由的向往。心中那自由的世界，如此清澈高远。

我认识几个流浪歌手，他们说，一唱许巍的歌，路人给的钱就多。

　　来哥伦比亚之前，我只知道这里的咖啡世界一流。我既不知道这里是拉丁美洲国家除海地外治安第二差的国家，也不知晓这里是除了荷兰外世界第二大鲜花生产国、出口国。

　　这里一到晚上，酒店就锁上大大的锁头；酒店里的电视机竟也打个铁框子围住，怕劫匪冲进来抱走。白天在街上，经常见劫匪。非但如此，荷枪实弹的军警也经常例行检查。拍照很费劲（见你手中有相机，很多人会冲你摆手摇头），但如果你省略镜头，只用自己的眼睛欣赏，这里处处都是美景。

　　哥伦比亚是个颇矛盾的地方。虽然气氛紧张，但这里的人们非常友好，对中国人也非常感兴趣。有一天，我在当地一家名叫"SESAMO"的餐馆吃饭，这个素食餐馆的食物不错，但我还是习惯性地要了碗开水，冲了包紫菜汤。我右边那桌三个年轻人比我晚来，见我的紫菜汤很好奇，也点这汤。服务员说："她自己带来的。"他们更奇怪了："自己带碗汤来？"我说："嗯，打包带来的。"玩笑后，送了他们3包。他们对这简单的美味啧啧称赞。得知我在波哥大还要停留一段时间，住的离这餐馆不远，他们中的一个，玛戈微达说："明天晚上，你在这餐馆门口等我们好吗？我们要送你一样东西。"我在外面游荡久了，对陌生人虽存有戒心，但更多的还是好奇。我相信这3个年轻人，他们明亮、天真的眼睛应该不会说谎。

　　第二天，我按时来到餐馆门前，可左等右等，就是不见他们人影。我想我也够傻啊，竟轻易相信陌生人的话。南美人和非洲人一样热情，可也有说话不算数的时候。也许他们昨天说话时是当真的，可回头就忘记了。治安如此不好的国家，晚上在外面还是不安全的，我遂沿着希门尼斯大街（Avenida Jimenez）大道往旅馆走。还没走出 50 米，他们急三火四地跑来了，不由分说，就把一个白色的花环套在我的脖子上。"这是玛戈微达，纯洁友谊的象征。"我素来爱花，不认识的花，总想知道是什么名字。我问这白花叫什么名字。他们却总是答玛戈微达。"我知道这花是玛戈微达送的，可我想知道这花叫什么名字。"他们大笑，说了好几遍，这花的名字就叫玛戈微达。我立刻喜欢上了这洁白的花朵，也觉得玛戈微达更可爱了。这花代表友谊，也象征美好的爱情。在新月下，小伙子把花戴在姑娘头上，则是爱的倾诉。于是和他们说起花。

飞机快飞临波哥大时，看见很多大棚，还以为是蔬菜大棚呢，结果一问是鲜花大棚。花市、花摊更是随处可见。公园、街心花园不消说，就是路旁、庭院、店铺、寓所，也到处是花。真可谓见缝插花，不留余地。"是啊，"他们说，"哥伦比亚，人人爱花。""鲜花出口，每年为哥伦比亚增收 1 亿多美元的外汇，让数百万人获得就业机会。"

关于鲜花有什么传说吗？据说从前有个快乐岛，岛上有个仙女，名曰克洛利斯。曙光女神奥罗拉之子塞菲罗爱上了这位仙女，带走她，并使她成为春天的母亲。爱一个人，就想让她永葆青春。神仙自然能做到这点。塞菲罗使克洛利斯青春永驻，也把鲜花王国给了她。

不知道那个鲜花王国，是不是现在的哥伦比亚。以著名的航海家哥伦布命名的哥伦比亚山川秀丽，气候宜人。得天独厚的地理环境，使这里盛产鲜花，人称拉丁美洲的花园之国。首都圣菲波哥大，更是四季如春，满目芳菲。除了常见的玫瑰、菊华等，还有我从未见过的烛光花、传情花、奇妙花、敏感花、白鹤芋、彩车花、彩虹花、皇后花、"维纳斯"的摇篮等。最著名的则属兰花。

在我的印象中，兰花是深谷幽兰，属于稀有品种，一般百姓消费不起（市场上倒常见蝴蝶兰）。这里普遍种植兰花，无论谷地森林还是青青河边，其种类更是有 2000 多种。在布卡拉曼加市植物园参加过一次兰花博览会。嘿，那个场面盛大，各种各样的兰花，千姿百态，有俊秀纤巧的，有芬芳艳丽的。在此之前，我从不知道兰花也有艳丽的，在我的印象中，象征坚贞、不流俗、淡泊的兰花，至多也就是素

花

雅吧。我不禁感慨万千。"你在说什么呀？"小摊主博尼利亚用英语问我。我遂把感慨告诉他。他笑了，"兰花的花色五彩缤纷。可以这么说，自然界所有花的颜色，兰花都有。"

"你看这个，多像拖鞋呀。"我惊叹。他说，"这确实叫拖鞋兰，不过，大名叫仙履兰。"

他又给我讲，什么是彩心的，什么是素心的，什么又是彩心缀有斑点的。

我在马达加斯加时曾听当地人讲过兰花的神妙。马达加斯加有一种长距武夷兰（Angraecum Sesquipedale）。长距，指花距特长，Sesquipedalian 原意是一英尺半。这种俗名叫"伯利恒之星"的兰花，是在日落后开始发出香味，因为它们要借助夜间飞行的蛾蝶传粉。它们之所以有长距，是因为在马达加斯加有些蛾喙长一英尺半。后来有朋友送我达尔文的旅行书，书中写道：地球上众多植物中，智慧最高的就是兰科植物。兰花的世界充满神奇，有各式各样、结合时序、因地制宜的巧妙设计，

花开遍野

令人惊叹。"那么在哥伦比亚,有些什么神秘的兰花吗?"

博尼利亚挠头想了半天,"我倒是看过一部电影。一支科考队奔赴一原始森林,去寻找一种稀有的红色兰花,据说它可以使人长生不老。科考队到了那里才发现,这种血兰,已经被另外的强大力量所控制。那就是吃了黑兰花而变得巨大凶猛的巨蟒……"

我笑了,我说这个不算。

他又讲起兰花的传说。"兰花是个大家族,有 15 000 多个品种。很久很久以前,这家族的长老对女儿们说:'你们已经长大了,不能再整天围绕在我身边了。世界上有很多美丽的地方,你们选择自己喜欢的地方去安家吧。'兰花姑娘们就带着各自的梦想出发了。嘉兰去了非洲,指甲兰去了大洋洲,中国兰去了你们中国,卡特兰则在我们这里落户了。"

这个传说我也听过,我说这个也不算。

"对了,"他突然说,"戽斗兰,在我们的传说中,这种兰花本领高超,你看它悄声不语的,却能把来往的蜜蜂灌得酩酊大醉,然后乖乖为它传粉。"

我对这个感兴趣。

我不太懂兰。但听一个中国伯伯说,欣赏兰花,要从"姿、色、香韵"三方面去品味。听我这么说,博尼利亚告诉我:"各类花香都能通过人工合成,唯独兰香不能。"听他这么说,就更觉得那缥缈的香味美妙绝伦。远远地闻着香,再凑近,却好像又没有了,正如那句"可远观不可亵玩焉"。博尼利亚不太理解这点,在他心中,他喜欢兰花就是因为它们艳丽、芬芳。我们中国冠以兰的"君子""品性",他也似懂非懂。他只知道,"我喜欢它,因为它是最美的。如果我送兰花给一位女士,那她是非常令人陶醉的。"

哥伦比亚人最爱的兰花是卡特兰。国花卡特兰,有白、黄、绿、红、紫等颜色,多有芳香气息。被誉为洋兰之王的卡特兰,是以植物收藏家威廉·卡特兰的名字命名的。据说它是人类最早栽培的洋兰之一。它的茎于1818年被英国人从巴西带到了英国,作为捆扎材料。卡特兰后来将这些枝条栽培起来,并于1824年开花。

原产南美的卡特兰,也是巴西、阿根廷等国的国花。卡特兰的品种在数千个以上,繁殖用分株、组织培养或无菌播种等方法。性喜温暖、潮湿和充足光照的卡特兰,通常用蕨根、苔藓、树皮块等盆栽。

"你来得不是时候,"博尼利亚说,"如果在8月,你就能赶上麦德林的鲜花节了。那天,这城市真是鲜花的海洋。数不清的花农,背着'花盘',在街上游行。有的'花盘'重百余千克呢。"

"那么重?"

"是啊,不过他们高兴。这也是传统,总统都来捧场呢。"

我知道麦德林,那个以兰花闻名的城市。随着博尼利亚的讲述,我的眼前呈现出盛大的游行场面:花车上美丽的花后;游行队伍里姑娘们身着哥伦比亚百褶长裙,头戴花环;英俊的小伙子载歌载舞;参加游行的每个男士,身背漂亮的挎包,里面不是别的,是一瓶喜庆之酒。音乐、舞蹈、鲜花,狂欢至天明……

唉,不知道日后我有没有机会目睹这盛况。

家住巴西

植物园

小学五年级，我换了4所学校。

我弟弟的班主任怀孕了，总请假。我妈觉得这样的老师教不好学生，就把我弟弟转走了，顺便也带上了我。站在这山看那山高，真到了新山头，才知道这学校考重点中学，每年基本全军覆没。于是，我又转到了第三所学校。

那时，我们考重点中学的难度，要比考大学难得多。很显然，我妈没有事先做好调研。在第三所学校，我班级成绩第二，年级排22。而这学校，只有排名前十的同学，才有可能考进重点中学。我又一次转学。

新学校离家非常远。乘公共汽车得8站。我晕车，一站地都晕。如果光看这点，没人会想到我长大后能成为旅行家。但同时，我天生有旅行家的潜质。我能走，抬腿就走，多远都不在话下。

我有个闺密，上高中了还每天走同一条路去学校，就怕走丢了。我天生充满好奇，今天和明天绝不选同一条路。从我家到学校，要走四五十分钟。路程远，变换的机会就多。

我最喜欢快到学校的那段路，那里有座桥。早上赶去上课，没有时间。放学后，我每天都在这桥上走。当时，那里正兴建一个公园，铁桥刚架起，上面还什么都没有铺上。我沿着桥上窄窄的铁架慢慢走，刺激，又心惊胆战。每每走到一半，我就想"明天再不冒险了"，可是第二天，我还如此。

公园建成了。我的班主任以及两个同学的家在公园里。我妈和班主任关系非常好，我基本在老师家吃午饭，饭后，她给我补习功课。我去公园，最开始还要老师出来接，后来只要报上名字就可以了……

我在给尼克莉讲从前。她曾住在巴西里约植物园里。

很多人问我："怎么你在外面旅行，总能听到那么多故事？"一是我学新闻，记者出身，善于与人沟通，擅长启发对方；二是我也喜欢给别人讲故事。有人说，你哪来那么多故事？你可以讲朋友的、网上看到的。收获故事的途径不外乎三点：问，讲，聊。

"我最想知道的是，后来你进重点中学了吗？"尼克莉问我。

"那班上 90% 的同学都考进了重点中学。我是全市第三。"

"太好了！"尼克莉鼓掌，仿佛这是个新消息，还能改变我人生似的。

一只棕黑背黄腹的鸟从窗前飞过。

"蕉森莺。"我说。

"Philohydor lictor。"

我没懂，用手机查询了下。小食蝇霸鹟，果然就是刚才飞过的那只鸟。

我夸她眼力非凡。

"你也不错，确实和蕉森莺有些像。"她说，"你看过《里约大冒险》吗？"

看过。

"还记得影片里鸟儿吃的坚果？那确实是里约鸟类喜欢的——巴西栗。昨天我刚采了一些。"

"什么是巴西栗？"

她从窗台上捡起两个，给我看。

原来，是中国人说的鲍鱼果。

我说这种东西在中国很贵。她说："在巴西的原始森林里，有一种兰花。这种兰花，会发出雄性蜜蜂感兴趣的味道。有了这味道，雌性蜜蜂才能被吸引来交配。而巴西栗的花，就靠蜜蜂来传粉。如果不是原始森林，没有这种兰花，就长不出巴西栗。"

"这么神奇，我以为扎根土里，有阳光和水就能生长呢。"

她的家里昏暗，憋屈，于是我们出门。

外面有山，山林葱翠，溪水潺潺。

尼克莉从小就住在植物园里。她爸爸是这里的工人。家里没什么钱，她记得小时候爸爸没给她买过玩具，但这个植物园给了她珍贵的所有，是她的天堂。

各种热带水果挂满枝头。杧果、木瓜、番石榴，饿了，就摘一个。她最喜欢嘉宝果（Jaboticaba）树上那甘甜的浆果。这一树的"葡萄"我之前在网上见过，很奇怪它紫色的浆果竟然长在树干上。现在见了，还是觉得奇异。

棕榈树、铁树、旅行者树、巴西红木树，这些我自然熟悉，但奥蔻梯木是第一次见。

"巴西有会走路的树，你知道吗？"

我说不知道。

"这种叫卷柏的树，当周围失去水时，它把根从土里拔出来，把自己团成一团，等风一来，随风再去有水的地方。"

她还给我介绍了好多种树。但不开花的树对我来说，记住有些难，得需要时间慢慢认识。植物园里有 7000 多种热带植物，木本的就有 5500 种。

"在这森林里长大，我感觉自己生活在童话里。"

在她的描述下，我仿佛看到了小矮人库鲁皮拉（Curupira）。这个森林精灵，是巴西著名的神话人物，双脚向后，他保护森林里的动物，总会把猎人们引开。

凯波拉（Caipora）是另外一个森林精灵，还有森林女精灵艾阿拉（Iara）。

蝴蝶落到身上，尼克莉恭喜我。

神秘主义在巴西文化中很普遍，迷信思想在人们的生活里泛滥。蝴蝶落到身上，手发痒，都是吉祥的预兆；在梯子下面走，是不吉利的；在屋子里打雨伞，会倒霉；起床后左脚落地，打碎镜子，看到黑猫过马路，都是不祥的。

大花马兜铃、时钟花，我都是第一次见。

"我从小就讨厌大花马兜铃，有股死老鼠的臭味。可是长大了解这花后，觉得很奇妙。雌蕊比雄蕊早一天成熟。这花奇特的结构，使得雌雄蕊很难与授粉者接触。因此这花才发出这样的味道，我们闻着腐臭，却能引来蝴蝶等昆虫。这花将昆虫吸引进入花囊，待花枯萎后，再将已沾满花粉的昆虫释放出去，进入另一朵花，完成授粉。"

"雌蕊比雄蕊早一天成熟。你说它们怎么把时间算得那么准？"

　　"我们家没有钟表。我们都是根据门前的时钟花看时间。它开花的时间非常准时。"

　　她这么说，我相信，可接下来，我就觉得有点悬了。她说小时候，见过日轮花吃人。日轮花吃人和马岛食人树，一直是耸人听闻的传说。关于马岛食人树，我特意咨询过马岛植物专家，他说没有。虽然这事被德国探险家描绘得惟妙惟肖。

野生的兰花

食肉植物

时钟花

虽然有不少资料说日轮花是十大吃人花之首，但也有人说日轮花是虚拟之花，其实是百香果。在植物吃人这么大的事上，我得眼见为实。

不过在里约这个植物园里，有 450 种吃昆虫的肉食性植物。

南美人热情，朝气蓬勃，但说话也许有点不靠谱。尼克莉说我可以住她家，结果一看，不仅沙发，地铺都满了。她哥哥也有几个朋友过来。而她，丝毫没有愧疚之情。我也不说，看她晚上把我安排到哪里。

巴西的国花扶桑花好像永远开不败，这些还没有凋落，那些就长出来了。姜花、蝴蝶兰的种类如此繁多。紫铃藤，凤梨，火炬姜……巴西有 5.5 万种植物，比世界许多国家的植物种类都多。

创建于 1808 年，面积 137 公顷的里约植物园，是世界上 6 个最重要的植物园之一。这个世界上最古老的植物园之一，由巴西末代国王创建，已被联合国教科文组织确定为生物圈保护区。当初，在葡萄牙人统治巴西时期，为了培植来自印度的香料，在驼峰山脚开辟了这个皇家园林。经过两个世纪的发展，今天的里约植物园已种满了来自世界各地的各种珍稀植物。

"你从小在这里长大，对植物有什么特别的感情吧？"

"它们就像我的家人。高中时候，有一天我很晚才回家，一个男人在后面一直尾随我，我很害怕。可是，当我在植物园门口看到那棵棕榈时，我的心立刻安稳下来。

"还有个男孩，是在街上认识的。他唱《在路旁》那么好听。'在路旁啊在路旁啊有个树林，孤单单人们叫它撒力登，在那里面住着一个美丽的姑娘，我一见她就神魂飘荡……'"

"我和这男孩在外面约会过，但从没让他来过家里。我们每次一走进这森林，我就消失。他把我叫作森林女王。"

她现在的男朋友在植物研究中心工作，前阵子刚带她去米纳斯地区派发资料。那是珍稀物种保护指南。指南上有 80 多种罕见的珍贵植物图片。

"如果居民或游客在野外发现它们，请立刻和我们联系。这些物种对巴西的生物多样性研究极为重要。"

米纳斯地区？我想起来了，那里的蜂胶世界闻名。

"那里环境这么好，空气新鲜，就像天堂一样。"

"但生活起来不是那么方便，自来水都没有。而且今后还能否住在植物园里，

兰花

兰花

粉色姜花

凤梨

羊蹄甲

莎伦玫瑰

悬而未决。从 20 世纪 80 年代开始，政府就一直努力想迁出居住在这里的人家。"

"有多少户人家？"

"600 多户。在所有有利于我们的证据中，我最喜欢这个：'位于植物园的家庭存在已久，居民在此成长并建立了自己的圈子。他们所代表的记忆无法轻易地被强力拆迁抹去。'"

一只红头鸟飞过。

"冠蜡嘴鹀，"她说，"我最喜欢它头上的耸羽。现在这种鸟已经不常见了。"

她又教我认识了黑冠黄雀鹀、白眼先小霸鹟。

"鸟儿一闪而过，下次见面，还是不认识，这点不像花。"

"明天下午，我一个朋友要指导小学生在校园里种花。你去吗？"

第二天，我去了。参加劳动的学生都在 9 岁左右，还有两个老师，以及自愿来的家长。

在尼克莉这位朋友的指导下，孩子们先把中间空的浇筑石头运到三轮推车上，然后把车推到学校一角。那里正围起一个花圃。

花圃里先浇上水，然后铺上报纸，再开始铺土。我还没见过种花要铺报纸的。

女生干这些细活。男生负责运石头，有几个男生合伙推三轮车的，也有男生要自己搬石头的。

石头好重，我搬第三块时，开始觉得吃力。

一个男生要接过去。他金色的头发，笑容灿烂，小脸上流淌着辛勤的汗水。

"不用了，谢谢你。"我怎么能让他接过去？他还是个小孩。

这个小男孩，小绅士，我一直记得。

蝴蝶翅膀一样的叶子

北美洲

我后来又去了几次金门公园。
我非常喜欢藏身在那里的植物园。
由于隐藏在金门公园这个天然的"自然博物馆"里，
旧金山植物园显得有些不起眼。但这是西海岸最大、品种最全的植物园，
有来自世界各地的 7500 多个品种的植物。

暴乱中的花开

2015 年来美国东部，主要是看华盛顿的樱花，却没有拍到它最美的花开。可在巴尔的摩，看到了繁华胜景。没有乌泱泱的人群，街上甚至没有赏花的人。好像只为我和千容而开。旅行就像人生，永远别为那些错过的而后悔。属于你的，永远不会错过。

巴尔的摩位于马里兰州中部，是美国大西洋沿岸重要的海港城市。1827 年，巴尔的摩铺设了美国第一条铁路——巴尔的摩—俄亥俄铁路，成为通往中西部的大门。

我感慨这街上人怎么这么少呢，一问才明白，原来今天，巴尔的摩发生骚乱，很多街道被封锁了。骚乱愈演愈烈，马里兰州州长宣布该市进入紧急状态。骚乱的原因是非洲裔青年格雷，被警方逮捕时脊椎受伤不治身亡。

非洲战乱、政变非常多；科特迪瓦是非洲和平的典范、窗口，30 年来一派祥和。我在那里时，战争爆发了。

突尼斯一向和平，大家安居乐业。我在那里时，茉莉花革命爆发了。

别人给我的总结：基本上，你到哪儿，哪儿就乱。

我在微信朋友圈这么发时，大家打趣我。我也是开玩笑的口吻。事实上，发生这些事时，一点儿也不好玩。尤其你还带着一个小孩。巴尔的摩进入紧急状态的第一天中午，我们没有饭吃。因为酒店只提供早餐，没地方吃午餐和晚餐。

手边还有些饼干，中午我给孩子吃了。

晚上，不能再饿着孩子啊。我打电话订中餐，人家说乱不给送。于是我点了好多，人家才勉强同意给送。

暴乱不知何时结束，怕第二天再没有吃的，我把剩的饭菜全部放冰箱里了。

第二天中午，还是戒严。房间里有微波炉，可没有盘子、碗。也不能把一次性塑料盒放微波炉里加热啊。我把微波炉里的玻璃底盘清洗干净，把食物直接放上面加热。

任何因正当、正义而掀起的抗议大规模爆发时，都不免有发泄、暴力相伴而生。

我在非洲经历过战争、国家变革，深知这时候公然拿着照相机的危险。如今又带着小孩，我万万不敢造次。我在街角，偷偷地把手机拿出来。

我把手机对着两个砸商店的男青年，被他们中的一个发现了，他以迅雷不及掩耳之势冲过来，把我手机抢过去，摔在地上。

千容只有 5 岁，估计不大清楚我拍照片和他摔我手机间的因果关系；或者觉得我拍张照片，不至于让他这么恼怒。她冲上前，用英语大声地说："你为什么摔我妈妈的手机？"

巴尔的摩内港

千容从小就不怕事。有一次在北京，我们在公园里，刚买到手的氢气球还没玩就漏气了。千容的爸爸拿去换，卖气球的不给换。千容爸爸气坏了，火暴脾气上来，卖气球的更加凶猛。我怕他们两个打起来伤着孩子，一边嘴上劝她爸算了，一边把孩子往旁边带。可谁知，这个当时还不到两岁的小丫头，竟然跑过去护着她爸。

这暴徒和北京公园里的小贩还不同。小贩会收敛，因为还想在那里做生意，暴徒可是干完坏事就走。我真恨自己的鲁莽，带着孩子，瞎拍什么？

暴徒很生气，手扬起来。

我上前护住孩子，让暴徒的手落在我身上吧。这时候，两个中年男人过来，其中一个架起暴徒的手："不要欺负女人和孩子！"

两个小青年跑掉了。

两个中年男人把我们护送回酒店。其中一个说："带着小孩，千万要小心，这时候，就别往外跑了。"

我们连忙道谢。

形势如此紧张，我们再也不敢出去了。最多只在酒店的小花园里玩。说它是花园有点夸大，但里面还是有几棵树和零零星星的花朵。白色的玉簪花、粉色的小野芝麻、黄色的蒲公英……孩子眼里没有分别，吹蒲公英的种子，孩子就玩得非常开心。

这天中午，平时订餐的中餐馆怎么也打不通电话。孩子饿了，我便去附近的小商店。因为离酒店非常近，我就带着千容，怕把她一个人留酒店里出意外。紧急情况发生时，孩子最好还是在妈妈身边。我们不拍照，不惹事，应该是没有问题的。

小商店没开门。我按门铃，按了半天，没有反应。我想放弃，但带着孩子，就得努力。终于，有人在门后应我，我说明来意。估计里面也看了猫眼，门开了。我道谢。买了饼干巧克力和水，我们往回走。

离酒店还有 10 米左右，我们看见一个人倒下。我们跑过去。

倒下的是个 60 岁左右的老人。我掐他半天人中，他醒来。看到千容手上的巧克力，他说："能给我一块吗？估计是早上没吃饭，血糖低，所以一下子昏倒了。"

我从包里拿出一整块巧克力给他，又给他一包饼干、一瓶水。

"这局势出来还是有些紧张，所以除了这花，"他从地上捡起一束花，"我什么也没带。身上没有钱，没法还给你巧克力、饼干和水钱。你留下地址，我明天给你

巴尔的摩的春天

送去。"

千容在我之前说："不要了。"

原来，他是花店的，去给人家送花。

"这时候多不安全，还送什么花啊？"

"那不行，人家定的就是今天。一个男人出差在外，今天是他和太太的第一个结婚纪念日，一个月前，嘱咐我们今天一定要送到。"

"谁也没想到会暴乱。"

"是啊，所以快递今天不工作。快递不去，我就自己去。不管什么情况，我们都不能违约。"

我想起尾生之约。尾生与女子在桥下约会。女子不来，洪水来了。尾生不走，抱梁柱而死。

我问他还能继续走吗？不行我们一起想办法。

"没事。以前有过这样的情况，吃点巧克力，就好了。"他指着旁边的房子说："这里就是我要找的地方，没想到都快到了，却昏倒了。"

他上前敲门。我和千容准备等他一会儿，看看他情况是否稳定。

一个女人开门出来。

对于今天能收到花，她喜出望外。听老人说我们救了他之后，这女人从花束里抽出一朵百合送给千容。

老人没事，我们和他告别。

回到酒店，我和千容把百合插在一个用过的水瓶子里。

这之后的第三天，电视上说局势好转，我们决定赶紧离开。百合还盛开着。怕被打扫房间的人扔掉，我们把这朵花送给隔壁坐轮椅的老妇人。她儿子带着她从英国过来的。

虽然百合的花语有些不适合送她，但又有什么关系呢。所有的花都代表温暖、阳光。

老人道谢，接过花，笑容灿烂。

再见，
华盛顿最美的樱花

早听闻华盛顿的樱花出色，一直准备在最美的时候赶去。

花什么时候含苞，天气冷不冷，刮不刮风？我密切注意樱花节的网站，终于在最美的时候赶了过去。

潮汐湖畔的几千棵樱花树繁盛开放，蔚蓝天空，明净湖水，再配上纯白色的杰斐逊纪念堂，真不愧是华盛顿春天最美的地方。只是游人有点多。

吉野樱花花朵那么大，我的心也仿佛开了花。

可就在我掏出相机准备拍照时，女儿千容说："妈妈，我要上洗手间。"

5岁小孩，不像大人能憋得住。欧美也不像非洲那样原始野性，可以和当地人一样就地解决，我赶紧把刚拿出的相机放回去。

找洗手间最方便的地方是商场、咖啡馆和餐馆，可这潮汐湖畔都没有啊。那时，我对华盛顿还不熟，不知樱花节期间纪念碑广场前就有两大排流动洗手间。我当时一下子想到了博物馆，赶紧领孩子向东走。

博物馆门票免费，可排队的人非常多。等不起啊，我领着孩子接着往前走。到了航天博物馆那里，可能是上一拨人刚进去吧，排队的人很少，我们遂站在这里等。很多人羡慕我有了孩子后还能接着旅行，可其中甘苦只有自己知道。刚脱尿不湿不久，有一次出门，孩子把大便拉在裤子里了，我赶紧找到快餐店。给孩子洗完，换上干净裤子后，我开始洗脏裤子。快餐店里的水龙头是那种按一下才出水

潮汐湖

的，没一会儿，就得再按。水流还非常小，我又有点洁癖，洗了有半小时。我一边洗，一边想：这样的日子，何时能结束？几年后我写到这里，想：当时怎么不干脆就把脏裤子扔了，一了百了？

从潮汐湖过来，已经费了很长时间，我怕孩子再坚持不了，便跟门口的管理人员说明情况。他让我们先进去。

孩子对这个博物馆很感兴趣，我想：进都进来了，就看吧，要不回头还得排队再进。

美国航天博物馆，是目前世界上最大的飞行博物馆，陈列着美国航空航天史上具有重要意义的飞机、发动机、火箭、登月车及著名航空员与宇航员用过的器物。

还有第二次世界大战中德国制造的第一枚 V-2 火箭、苏联第一枚人造卫星备用星、1963 年创飞行高度纪录以火箭发动机为动力的 X-15 型飞机、美国第一艘载人宇宙飞船等。

看了半天，千容说："妈妈，怎么都是资料，没有别的？"

"很多啊。比如这是从月球带回的岩石标本。"

"没有能动的？"

我笑了："你这小孩要求真高。这可是世界上最大的飞行博物馆。"

正说着，我听广播说可以参观太空舱了。

我说："你真幸运，太空舱开了。"

千容非常兴奋："我们可以上太空了？妈妈，是上真的太空吗？"

我笑着没说话。

还是小孩。我们普通人怎么上太空？上太空前得经过多少训练？不过她的疑惑马上来了："妈妈，我们不用穿那种厚衣服吗？"

我说了实话。

她非常失望："妈妈，只是太空舱啊。"

"这已经很难得了。全世界能有多少人进过太空舱？"

"好吧，我好好看看。"

从航天博物馆出来，我想赶紧回潮汐湖。可千容不想向左拐，偏要向右。

"右边是国会山。"

"妈妈，你不是要去国会山吗？"

每次出门前，我都会打印所去地方的介绍，给她念两遍。让她对要去的地方，先有个大概了解。

我们在华盛顿计划去很多地方，现在，她能记住国会山，我得给她奖励。我应许了她。

孩子没有直奔目的地的概念，在两排博物馆之间，有宽大的草坪。在草坪上，小松鼠跳来跳去。她跟小松鼠躲躲藏藏，玩了很久。

在国会山前的水池边看鸭子，和鸽子嬉戏。

乌云卷席而上。我心想，赶紧回到潮汐湖边啊，要不一场雨，樱花就都落了。

有一年春天，我估计樱花快开了，便问武汉的朋友。"正开呢，快来吧。"我赶当夜的火车过去。樱花是都在，都在地上。就在这夜，下雨了。

出国会山不远，有一片玉兰开得繁盛。铅灰色的天空，阳光时而出现，时而消失，配上紫色、白色的玉兰，别有一番风姿。我的心静下来，和她一起欣赏，拍片。

春天的华盛顿，美如画卷。郁金香、水仙、山茱萸、茶玫瑰、荷兰菊、矮牵牛、蓝雪花……那挂在灯柱上的盆花，岂止是盆的概念，有点像花瀑布，从空中直垂而下。

春色这么美，有个女人，都忍不住张开了双臂。

接着又看到了旋转木马。这个号称要坐遍全世界旋转木马的孩子兴奋了。我的心沉入谷底，彻底没有希望了，雨开始下了起来。

雨不大，很快也就停了。

第二次世界大战纪念碑群那里有个反思池。千容又在这个池子里玩了一个多小时。

在林肯纪念馆前，她和一个小女孩又玩了半小时。还有一阵，我自拍的工夫，孩子找不到了。

"出门在外，除了妈妈看着你，你也得看着妈妈点。如果你丢了，就再也看不到妈妈了。到了别人家，你就是真正的灰姑娘了。"每次出门前，总是这么叮嘱她。她说："好的，妈妈。"到时候，该跑还是跑，早把答应的事忘在脑后。

出门，我最害怕的是孩子丢了。有免费的 Wi-Fi 我都不用。但有时，免不了要自拍几张。

后来我在一张自拍的照片上看到她的小背影。嘿，离我几十米。

她玩就玩吧。别丢就行。

她终于答应可以走了，可又遇到卖冰棍的。

又在一小片郁金香花田里兜转了半天。路边停有一辆小货车，她问人家能玩玩吗？人家说好，她就又进去鼓捣了半天。

我们终于再次走到潮汐湖边时，天已经黑了。我这普通的技术根本拍不好此时的樱花，我也只能作罢。

第二天上午，我们再去潮汐湖边。

我终于体会到了日本人为什么那么钟爱樱花，因为那灿烂的绽放转瞬即逝。仅仅一夜之间，樱花就失去了昨天的气势。

国会山前的玉兰

后来很多人看到我在这里拍的樱花，称赞漂亮。只有自己知道，我拍下的，和前一天看到的，无法相比。

"妈妈，你怎么了？"孩子娇美的声音问。

我突然想到，孩子成长的一个个阶段，不也和樱花一样转瞬消失吗？她第一次对着我笑，第一次喊妈妈的时候，都不会再来。即便那些烦恼的，把大小便拉在裤子里的时候，也不再会有。让孩子自由放松愉快，不是最好的事情吗？拍没拍到最美的樱花，又能怎样？我们的旅行，为何要和很多人一样，把拍出好照片当成第一目的？

"妈妈，你能给我个大笑容吗？"

我给了她一个大大的笑容。

林肯纪念碑前千容与小朋友一起玩耍

2016 年费城的樱花季和我 2015 年在华盛顿看到的，迥然不同。

或许是华府的樱花太出名了，游客纷至沓来。费城的樱花，我是第一次听说，第一次见，却没想到这么炫目。因为没有华府的人山人海，更多了一份静谧之美。

长木公园、马丁·路德·金大道、贝尔蒙特高地、哥伦布大道、莫里斯植物园以及费城老城区的小街道，那一树一树的樱花，怒放得如此忘情，如此铺张。

我最喜欢佛蒙特公园，在这里流连了整整一天。

这里有 346 千米的休闲步行道，是全美最大的景观城市公园。上午刚去时，公园里还没几个人，只有满树满树的花开，让我仿佛置身梦境。

松风庄日本园林颇有日本风味，春风春水，老树新花，再配上明媚蓝天，和煦初阳，让人感觉诗情画意，和宁美好。

我在小湖边久坐，想起奈良的春天。突然，我发现右手边的草地上，竟然有个相机包。

现在世界不安定，处处潜藏着危险。我中美洲的一个朋友在她餐馆楼下看到一个无人看管的行李箱。她没去捡。来来往往的人看了，也都没任何行动。两个多小时后，她看到来拿这行李箱的，被警察抓走了。她给我讲完这个故事后不久，我在一个超市门前的长椅上发现了一个没人要的背包，我没管。

这是花开正好的地方，坏人该不会来作案吧？谁这么不小心，把相机包丢这里

星花玉兰

了？我几乎每天背着相机，没有相机包的不便感同身受。我准备把这相机包交给日本园门口的售票处。这样失主如果回来找，就可以找到。

谁知，相机包里竟然还有相机！这也太马虎了吧，比我马虎多了。我是丢过相机，可那是被人偷走的。

我拿起这包，向门口走去。

离那里还有几步，我看见一个东方女人用英语和门口收票的说："我相机可能忘在里面了，我去找下。"

"买下票。"

"我刚才买过票了。"

"给我看一下。"

"我记得当时把票随手放在相机的隔层里了。我找到相机，给你看。"

"那不行。"

"你不记得我吗？我进门时还跟你说过话。"

"对不起，人太多，我记不得。"

我插话进去："你相机是什么型号的？"

这女人看了我一眼："和你的一样，佳能 7D。"

我笑了："这不是我的，是你的。"我从我的大包里把相机拿出来，"我的，倒也是佳能 7D。"

她说："真不知该怎么感谢你才好。"

我说："我在外，丢了钱包、手机，也有捡回来的时候。"

"我用这相机照完相，换手机自拍，就把相机放回包里，随手放地上。刚自拍几张，手机响了。我边接电话边走，早忘了相机还在地上。猛然想起，吓了一跳。相机丢了还可以再买，可这一路的照片就全没了。"

我说，"你是中国人吧？"

她说是，然后我们改用中文。

她是从加拿大蒙特利尔来这里的，我说去年暑假我去过那里。

"听你的口音，像是北京的。"

"不是，但我大学是在北京上的。"

"我也是。"

4 个学生，两男两女，走过樱花树。

我看着他们的背影说："恰同学少年。"

"我也想起我的同学。"她说，然后给我讲了下面的故事。

高中时，她喜欢一个男生，从那个男生转到他们班那天开始。

他又高又帅，学习又好。

每天，她的目光追随他。

她住校，有食堂的饭票。他不住校，没有饭票，但他中午在学校吃饭，需要饭票。她曾偷偷把一整联的饭票放进他的书桌里，也曾把他堵在走廊里给过他。

他们班有七八个人非常要好，男生女生总一起出去玩。

春天，他们骑车去郊游。

春天不语，却用春装表达心意。二月兰，不起眼的小花，却铺展成满天满地的浪漫。二月兰，它的花语是谦逊质朴，无私奉献，清纯的心，像她一样。她知道自己很普通，就像喜欢他的其他女生一样。

一座山，有些难爬。男生伸手帮女生。别的男生拉她时，她一点感觉没有。他

春花烂漫

拉她时，她感觉战栗。

春光那么好，可惜他们没有相爱。

他们俩，倒也有些单独的接触。她找机会去他家，他也来过她家。

有个春天的下午，她走过她家所在那条街的转角时，他出现了。很长一段时间，她以为她再走到这里，他还会出现。他是来她家看她的。

他们谈了什么，她早已忘记。她记得自己把他送出很远，一直到街的转角。

"过几天我再来看你。"他说，像快速逃离一样，飞快骑上自行车远去。

他只是说说，他再也没来。

她很喜欢上海，但闻听他报考北京的高校，她也考到北京去。他们班有 6 个同学在北京。

春天，他们去玉渊潭泛舟，樱花片片飘落。

春天，她去他的学校看他。他正在操场上打篮球，他同学喊他，他看到了她，笑着跑下场。他学校外面有护城河。他们沿着河边散步，春花遍开，春风习习。春风再美也比不上他的笑。

她那么喜欢他。可是，她只知道追寻他，竟然不知道打扮好自己再去追寻他。

他们几个去一所高校看高中同班的一个女生。那女生的宿舍不让男生进，他们便在楼下喊。同学在 12 层。她破着嗓子高声喊。他说："这是什么声啊？"她不知道把自己最好的一面展示给他，甚至不知道藏起自己的不足。谁那么大声能喊出美来？

她给他写信，他就回。他说："一切都好，只是觉得心跳有点加快。"

后来她得知，他恋爱了，很幸福。

她再也没有去看过他。

像春天一样，点到为止。她的感情，留在春天，无须带到下个季节。

曾经，她以为自己很一般。后来，从别的男生那里，她知道了自己很美。她像晚熟的花，他路过时，她还没有开放。

毕业 10 周年的聚会上，他喝醉了。他当众献给她一首歌，一边唱着歌，一边和她共舞。她从未见过他这样。他又邀请她跳了几曲。他很后悔当初的选择。离婚后，他想死的心都有。她多想回应他一下，可是，她没有。她鼓励他勇敢面对新的生活。

开车送她回家时，他酒醒了一多半。之后就全醒了吧，他再也没说过什么话。他们也再没联系过。

等他拨开岁月的迷雾看清她时，她似乎早已走在别的路上。其实，她一直想念他，从来没有忘记，但他已无须知道了。

每个人的一生，都有那么一些画面，一直储藏在记忆深处。

她藏着有关他的画面，像时光珍藏着春天。

她和他一起经过好几个春天。春光那么好，他们在一起。牵没牵手，又有什么关系？

她生命里所有的春天铺展在一起，谱写他的名字。他知不知道，又有什么关系？

微信群里，大家上传往日的一些照片。

他那么多时光，她都是没见过的，不了解的。可是，又有什么关系？他在岁月里静好，不已经足够了吗？

她在追寻他的过程中，捡到了别的东西。那是祝福的美好。如果感情像春天一样易逝，像他第一任妻子离开他那样；那么她的祝福就像岁月一样，绵长温暖。

她只是把他的一张照片存到手机里。春天的他，在一树芳华下，白衣胜雪。时光的无涯里，亿万人中，她能遇到他，即使没有相爱，也已经足够好了。

我和她的周围，高高低低，满眼皆花。樱花、玉兰，乱花迷眼。

我深知一个人旅行能留张照片不易。"我给你拍几张？"我提议。

她笑着拿出手机："还是手机拍得漂亮。"

忽地笑

　　我在加勒比各岛国转了 4 年，实在被"小"给腻了，便跑去美国旧金山。我得找个大的，别让我一眼望得到头的地方。我选了金门公园。有两周的时间，我每天在这里跑步。

　　这个从斯塔尼安街向西延伸近 5 千米多，直到大洋海滩的公园，占地 411 公顷，宽 800 米，长约 4000 米，横跨 53 条街。这是世界最大的人工公园，全美面积最广阔的公园，气势磅礴，改变了我对公园的一贯看法。

　　第一次逛完金门公园，我这个常年的行者都感觉到吃力。后来再去，都是搭乘 44 路巴士，在迪扬纪念博物馆前下车，然后开始了我走马观花的行程。

　　迪扬纪念博物馆里有个迪扬咖啡。我就是在这里认识琼的。

　　美国地大物博，什么东西都大。咖啡馆很大，服务生不是亲自送餐的。给你个桌牌，你点的食物准备好了，这牌就自动叫起来，提醒你去取餐。

　　琼那桌的牌子叫了好几次，她都没理。我热心地提醒她。她从沉浸的书里抬起头。

　　咖啡馆对面，是加州科学院。从前在我眼里这里是神秘、高大上的地方，今天我换了新眼光来看它。

　　几年后，在微信群里，我得知初中同学梅在这里工作。她的成绩从来都是第一名。我和她同桌 3 年，除了知道她学习好，长得漂亮外，对她一无所知。

旧金山植物园

我们去广阔天地，结识了解另外的人。

梅是学霸，从小到大。清华大学毕业后去了美国，她清楚地知道命运的走向。

我虽然也是省重点高中的学生，成绩属中游偏上。虽然我们校长说，"上大学对于你们，只是手续问题。"我们学校的升学率确实也在90%以上，但我迎向的是未知的命运。我不可能体会到非我莫属的感觉，就像运动会，我从未跑过第一，永远也品尝不到那种冲线的感觉。

在加州科学院门前，我认识了澳大利亚袋鼠花，我认识了红花荞麦。

在加州科学院门前，我又一次见到了琼。

"这里有个日本茶园，非常不错。"

听人劝，吃饱饭，我随她前去。1894年加利福尼亚国际博览会召开，作为其中的一部分，主办方修建了这个日本茶园。这也是美国历史最悠久的公共日式花园。

与金门公园的粗犷自然相比，这茶园很精致，小桥、小径、池塘，仿佛到了日本。

"和你路遇，总让我想起宗秀。"在阳光和煦的午后，琼给我讲起她和宗秀的

澳大利亚袋鼠花

红花荞麦

故事。

琼和宗秀是在大学里认识的。

在武汉大学最美的樱花季，在老斋舍前的樱花大道，他走到她面前。刚开口，她就知道他与众不同。别的男生说的是"咱们能聊聊吗"？他说的是"我们能说话吗"？

当然与众不同，他是日本人，作为交换学生到这里的。

他不会说太多的中文，交流不下去了，他开始说英文。琼正准备练好英语去美国，又对外国人感兴趣，就高兴地和他聊天。

他说这几天知道的一个故事让他很感动。

"这故事我也听过，就是武大的樱花是怎么来的。你知道吗？"琼问。

我说不知道，求听。

抗日战争爆发后，武大的学生转移到了别处。战争结束返校时，他们突然发现学校里种上了樱花树苗。原来，种这些花儿是为了抚慰日本士兵的思乡之情。怎么处理这些入侵者带来的樱花呢？负责设计和建造武大校园的林学家叶雅各陷入了沉默。他回忆起当年一同讨论校园设计时，建筑师开尔斯说的话："伟大的建筑能够塑造人，让人在感叹之余顿生自信与自尊；而美丽的风景能够陶冶人，使人回归质朴与善良的本性。"是啊，受了这么大磨难的武大，难道容不下如此娇弱的樱花吗？叶雅各查阅资料，并亲自照料它们。

武大，中国最美的大学之一。湖光山色陶冶出的师生，也果然有大自然一样的包容胸怀，没人把自己的不幸迁怒于这些樱花，反而催促叶雅各快快研究，让这些生灵在异乡好好成长。如今，它们年年春天梦幻般开放，成了武大最美的风景。

我沉浸于这个故事良久，才开始接着听琼讲自己的经历。

外国人果然比中国人开放，交往几次，宗秀就想牵她的手。他的方式也不同。他不直接牵，不直接说。他说："如果我能把这个可乐罐扔进垃圾桶，我就拉你的手好吗？"

站在垃圾桶 3 米之外，她说："可乐，垃圾桶，你拉我的手，这关联不美啊。"

他说："对不起。"

他稚气未脱，有点像高中生。

约她在珞珈山广场见面时，他手里拿着风筝。

他假装无意地说："我要像风筝一样，带你去远方。如果你愿意。"

风筝飞得很高以后，他把风筝交到她手上，"我是风筝，你是线。"

他们沿着 108 级台阶登到樱顶，俯瞰武大。苍翠碧绿，一片愉悦。

他们也出校园。在黄鹤楼，他给她照完相后，她准备给他照。

他说："我不好看，不照。你好看，给你照。"

其实他长得很俊朗，只是眼睛有点小。

有一天，从图书馆出来，他约她第二天晚上一起吃饭，说有重要的事。

她说："我这人心里不藏事，有什么你就说吧。"他说："重要的事，得拿出专门的时间。"

第二天，她为学生会的一个活动忙晕了，晚上睡觉前才想起来和他的约会。

她感到很抱歉，准备见面时解释。可他没来找她，再也没有。

她也没去找他。

他们也再没有在校园里碰到。

他突然就这样从她的生活里消失了。

和他在一起，她很愉悦，但对他没有那种怦然心动。她以为他走了没什么关系，也真没怎么想他。可是深秋，当樱花大道旁的银杏叶子一片金黄时，她突然开始想念他。

第二年春季，当她推开窗，看到樱花雨飘落时，眼泪竟然止不住了。

茫茫人海，我们都是怎样失去彼此的？

大学毕业后，她如愿到了美国。

她很喜欢旧金山这座城市，高低起伏，总让她想起武大来。

两年后一个春天的下午，她在九曲花街往下走时，一辆车子险些刮到她。司机打开窗子："没事吧？"

他们都愣住了。

那司机不是别人，正是宗秀。

九曲花街的春天没有樱花，只有团团的蓝色绣球花。但她感到樱花雨又开始下。

她也读出他眼底的深情。

后面有车催，没时间留电话了。她说："我在下面等你。"

紫娇花

凤仙花

绣球

紫草科牛舌草

"一定啊。"他说。转眼见 3 个年轻人从他的车里跳下来。他对她说:"快上来。"

"你把他们轰下去合适吗?"

急转弯,40 度的斜坡,他没有回头,他说:"顾不上了,我不能容忍自己再失去你。刚才在花街高处远眺海湾大桥时,我还想起你,想起我们在武大樱顶的美好时光。"

"如果我结婚了呢?"

"我没想过这个。"

他们去 39 号渔人码头。见街头有卖玫瑰的,他买了枝送给她。

爱花的她说:"以后别这时候给我买玫瑰,不及时放水里就死了。"

去蟹屋吃螃蟹。他把冰水喝掉,把特意要的常温水倒进杯中,把玫瑰放了进去。

喧嚷的餐馆,大螃蟹让餐桌显得很小。玫瑰挤在这里,有些不搭,但生活就是这样吧。纯然的安美是没有的,熙攘中的幽香,也是特别的景致吧。她万万没有想

忽地笑

到的是，就在他们的眼前，那半合的玫瑰，竟然盛放了。

他们同居了，相处和谐。

"但有一天，我突然发现……"琼说。

我一惊："他在日本有家了？"

她笑："不是。我发现，他竟然比我小两岁。之前，他告诉我，他比我大两岁。"

"小鲜肉有何不好？"

"但那时，我还接受不了。如果早说，可能还好，这么久一直当哥哥看待，突然有一天发现他竟然比自己小两岁，我当时真受不了，一下子就跑出去了。"

"后来你们又分手了？为这事太不值得了吧？"

"几小时后我回来，看到他给我做了一桌子的菜。我觉得很幸福。"

"你们的故事，让我想起忽地笑。"

"忽地笑？"

"是一种非常奇特的植物。原本繁茂的丛丛碧叶，初夏，会突然消失得无影无踪。仲夏，花茎又忽然之间拔地而起，绽放金色灿烂的花朵，给人以愉悦和惊喜，因此得名'忽地笑'。"

"还真不知道。"

我在研究彼岸花时，得知了忽地笑。它们长相一样，只是彼岸花红色，忽地笑黄色。

因全株有剧毒，所以关于忽地笑的花语和传说都附有一定的神秘色彩。传说是天堂中自愿投入地狱的花朵，花语：爱得很痛苦。

我不知道琼和宗秀今后会怎样。也许所有的爱情中，都有痛苦。但我们不应该为还没有看到的东西，放弃眼前的幸福。我祝福他们。

我后来又去了几次金门公园。我非常喜欢藏身在那里的植物园。由于隐藏在金门公园这个天然的"自然博物馆"里，旧金山植物园显得有些不起眼。但这是西海岸最大、品种最全的植物园，有来自世界各地的 7500 多个品种的植物。

我再没有见过琼。

水最容易在水中消失，人最容易在人群中消失。

温暖的小宇宙

第一次去蒙特利尔，我带着闺女千容。

不论去哪里，我都少不了去植物园。这北美最大的植物园，占地 70 多公顷，内有植物 2 万多种，标本 90 多万份，看得我这个过瘾。

热带丛林、高山地带、沙漠、沼泽……不同的园区，为我们带来自然界不同的风貌。

水生植物园区，溪流微漾，落花漂浮。鸢尾、芍药、翠菊，从岸上到水里，光影迷蒙，如梦似幻。

喜欢野趣的我，自然喜欢沼泽区。香蒲、千屈菜，让我想起故乡的河边。

梦湖园、湖水、假山、亭台楼阁、雕梁画栋，一时间好像回到了中国。这明代风格的园林设计，是北美地区同一风格的园林之最。梦湖，源自蒙特利尔和沪，因为蒙特利尔和上海是友好城市。

千容只在国内生活过一年，她倒是没有重归故里的感觉。

西方很多国家的景区，都注重知识性、趣味性、互动性。在博物馆、植物园，经常可以体会到。

在这里，北美独一无二的昆虫馆，不仅可以看到众多的昆虫标本、真实的昆虫，还可以通过各种声光电的效果去感受。有的昆虫，你还可以亲手触摸。我发现，孩子对昆虫的兴趣，比对植物的兴趣更大。

植物园热带馆

　　我们生活在一个丰富、奇妙的世界。来这里的前一天，我给千容看了 3 遍同一个视频：如果把地球的历史浓缩为 24 小时，那么人类存在的历史也就相当于 3 秒。在这 3 秒里，我们做了什么？

　　千容才 5 岁，很多没有理解："3 秒钟就干了这么多坏事？谁相信啊。"

　　"不是真的 3 秒，是个比喻。如果把地球存在的时间看成一天的话，人类的出现，只是 3 秒钟。在这 3 秒里，人类干了这些。"

　　"我没干啊。"她看着我，"妈妈你也没干。爷爷也没干。"

　　蒙特利尔这个大植物园，适合一天时间慢慢闲逛。午餐虽然是快餐，却有多种选择。

　　植物园里也有一些儿童设施，滑梯、转椅、攀爬架等。

　　千容好动，比一般的女孩要淘气很多。她不像别的孩子躬身爬攀爬架，爬着爬着，就站起来。我叮嘱她多次，她说知道，然后趁我没注意，竟然从最上面跳了下来。

　　她高声哭泣，胳膊动不了了。我最害怕的还是她摔出脑震荡。

植物园沼泽区

可这植物园不像大街，能马上找辆出租车去医院。偌大的植物园，本已不知所在的地方，更别说离大门有多远了。我感觉一下子蒙了。

一个男人跑过来，问明情况，说："我赶紧送你们去医院。"

他跑过去，把一辆正经过的电瓶车拦下。那是往来植物园各个景区的。

那个男人陪我们去医院，挂号，看病，直到最后他才离开。

回国我跟几个朋友讲起这事。他们说："你胆子真大，万一那人是坏人，你上了他的车，后果不堪设想。"

能去植物园的男人，心地会是美好的。我更愿相信美好。我多想人与人的相处都这么简单。需要时，身边的人不管认识不认识，都能伸出援助之手。我们把精力用在对抗大家共同的敌人，比如意外、疾病、会多好等。

加拿大人，是我见过的最温暖的人。

在多伦多的大街上，千容说去找赛百味。一个男人听到了，从3米之外过来，详细地告诉我们怎么走。

在魁北克，我找不到路了。一个男人调转方向，开车带我穿过6条街，一直送

植物园里的儿童设施

到目的地。

在渥太华，我第一次听说加拿大郁金香节。

第二次世界大战期间，朱莉安娜公主随同荷兰皇室一起来到加拿大避难。1943年1月，公主怀胎十月即将临产。根据荷兰法律，王子或公主，必须出生在荷兰国土才能成为荷兰皇族。而按照加拿大法律，在加拿大出生的，自动成为加拿大人。

最后，加拿大通过一项法案，把渥太华一家医院的产房，划给荷兰。在"荷兰的土地上"，朱莉安娜公主顺利地生下了第三个女儿玛格丽特。

1945年春，加拿大军队从意大利转战荷兰，先后攻取了阿姆斯特丹等荷兰主要城市，5月6日，德军投降。为了荷兰的解放事业，5712名加拿大士兵献出了宝贵的生命，永远安息在那郁金香盛开的国度。

当年5月中旬，朱莉安娜公主回到了阔别已久的故土。当年秋天，荷兰人民赠送了10万颗郁金香球根，以感谢加拿大将士的无私奉献。第二年，朱莉安娜公主又赠送了2万颗郁金香球根，感谢加拿大人的温暖情谊。同年，荷兰议会通过法案，将渥太华那间医院产房的所有权归还给加拿大。

从那时起，渥太华每年都会收到荷兰皇室赠送的 1 万颗郁金香球根。至今，已经有 100 多万株郁金香种植在渥太华国会山一带。

除了荷兰赠送的郁金香，渥太华国家首都委员会在国会山、丽都运河沿岸，规划出郁金香花带，长达 15 千米。这使加拿大的首都渥太华，变成了郁金香花都。每年春天，10 多万游客前来观赏这美丽的景色。

我在渥太华的时候是夏天，已不是郁金香的季节。我在丽都河边，在国会山流连很久，想象那郁金香一起绽放的华丽场面。为这个景象，我要再来一次渥太华。

我们离开加拿大的前一天，路上碰到一个学校搞活动。千容非要进去看看，我们就进去了。

高年级的孩子过来卖雪糕。千容要，我掏钱买。结果，钱不好使，得先用钱去买代金券。

一个男人给我一张。我微笑着说"谢谢，不用了。"结果，他直接用代金券买了雪糕，通过两个人，给我们递了过来。

给孩子也就罢了。另外一个男人，又买了根雪糕给我。

大家坐在看台上，一起吃雪糕。操场上孩子们在比赛。蓝天白云，阳光灿烂。小鸟飞过，孩子正健康成长。这美好的一切让我忍不住流泪。

明年春天，我要去渥太华。

渥太华国会山

欧

洲

荷兰的郁金香是从土耳其传来的，这很多人都知道。

可是，你知道吗?

郁金香的真正故乡，不是土耳其，

也不是多花的南美洲或大洋洲，

而是我国的青藏高原。

看花田
5月到荷兰

从 2002 年开始环球旅行至今，感觉世界各地的人们对中国都很感兴趣，关注者也越来越多。不论走到哪里，都能碰到用汉语热情招呼"你好"的人们。不过一个小镇的小娃娃，认识我手上的中国结，还是很少见。更有意思的是，他接下来竟然跟我说"你能把这个送给我吗"？我为这孩子的稚拙打动了，说"好啊"。不曾想礼尚往来，但他从口袋里掏出个洋葱送给我。

我之所以以为是洋葱，一是我遇到过有孩子送我橘子的；二是我这人太感性，很多时候还没有好好辨认，便得出结论。我说，"谢谢你的洋葱。"我说完这话，孩子的父母全笑了，而孩子却一本正经地告诉我："这不是洋葱，这是郁金香的球茎。郁金香你知道吗？"我说："当然知道。"孩子说："现在是秋天，正是将郁金香球茎埋入地下的好时节；来年春天，你就可以看到漂亮的花了。"孩子接着问我："你到小镇利瑟（Lisse）看过郁金香花田吗？"我说："没有。"孩子说："那你不算到过荷兰。"我有些尴尬，孩子又认真地说："那你明年 5 月来吧。你从此不会忘记那个地方的。"我惊讶一个 6 岁的孩子怎么会知道得这么多。孩子的父亲说："每年秋天，他都要亲自把郁金香球茎埋到花园里。"我问："是不是每个荷兰人，都爱郁金香啊？"孩子的母亲说："那当然。"

从那个小镇，阿尔克马尔开始，我发现荷兰人真是喜欢花，特别是郁金香。花店很多，每个花店里都能看到大堆的郁金香球茎。荷兰人的庭院，五彩缤纷；即使住公寓，他们的窗台也要用鲜花装扮。我也开始了解到，荷兰人用于鲜花上的消

各色郁金香

费，每人每年要 60 美元。荷兰有将近 2 万公顷的土地种植球茎花卉，其中一半是郁金香。这个鲜花之国，每年要出口 2 万亿多颗球茎到国外。而那个可爱小男孩说的利瑟花田也开始成为我的一个梦想。第二年 5 月我在非洲有事，隔了一年，我终于来到这片梦想之地。

5 月的利瑟，梦幻一般。从海牙过去，草地上的花奶牛开始渐渐少了，郁金香花田开始映入视野。郁金香更浓烈，花田更铺展、更壮观时，利瑟到了。各色的郁金香，亭亭玉立，绵延几十千米。那惊喜，那震撼，无法形容。

花田里有花农，远看，他们就像一个个小黑点。也有房屋掩映于花田中，你会感慨，谁有幸住在这么一个世外桃源？

有开车旅行的人们，不时下车驻足欣赏。也有青年骑着单车，穿行在花海中。那惬意，那浪漫，那飞扬的美好青春。

单车骑行的起点和终点一般是库肯霍夫公园。这个每年只开放两个月的公园，被誉为世界上最美丽的春季公园，也是全世界最大的露天花卉展览场。每年春天，700 多万朵鲜花盛放在 32 公顷的公园里。那呈杯状的乡村郁金香；那呈铃形、花多而小的睡莲郁金香；那花冠似百合花的百合郁金香；那有紫褐色条纹的格里吉群（Greigii）郁金香；那有锯状花边的鹦鹉郁金香；还有克鲁西郁金香、尖瓣郁金香、迟花郁金香……

突然想起大仲马的黑郁金香。那"艳丽得叫人睁不开眼睛，完美得让人透不过气来"的郁金香真的是黑色的吗？不，"夜皇后""黛颜寡妇""绝代佳丽""黑人皇后"都不是黑色的，而是紫色。把世间没有的，想象成最美好的，世人大抵如此吧。不过，现在，据说真正黑色的郁金香要问世了。

占地 32 公顷的公园，有长达 14 千米的步行道。有一处风车，登上之后，可以看到四周绵延的花田。也有水岸，蓝天投影在清澈的水中，天鹅悠游其上，岸边的郁金香也就更显得灵动，美妙，让人想起那首钢琴曲《水边的阿狄丽娜》。

郁金香的传说，还真和少女有关：有 3 个青年，同时爱上了一个少女。3 人其中一个送给少女象征权势的王冠，一个送了象征勇气的宝剑，另一个则干脆送金子。少女对 3 个青年都不是特别满意，于是向花神祈求。花神理解少女的心，便把王冠变成鲜花，宝剑变成绿叶，金子变成球茎，这样合起来便成了一朵郁金香。这是荷兰关于郁金香的传说。其实，郁金香并不是荷兰的原产，它是从土耳其传过来的。郁金香的生物学名是 Tulipa，来自土耳其语 Tuberld，含义还与少女有关：郁金香像包着头巾的

库肯霍夫公园

穆斯林少女一样美丽。16 世纪，驻土耳其的奥地利人，把郁金香带到荷兰，从此这种花风靡欧洲。曾几何时，荷兰人把郁金香当作黄金，以拥有这种花的多少，作为自己财富的象征。疯狂时曾有人用带庭院的别墅，换一个稀有品种的郁金香。

郁金香的真正故乡，不是土耳其，也不是多花的南美洲或大洋洲，而是我国的青藏高原。2000 多年前它已传到中亚细亚。

郁金香是土耳其、匈牙利、伊朗、新西兰的国花，但它在哪里也不如在荷兰开得繁盛，多姿。荷兰是真正的"郁金香王国"，每年培育郁金香球茎大约有 30 亿个。这是什么概念？如果把它们排列起来，能绕赤道 7 圈。

1593 年，植物学家克鲁斯尝试将土耳其引进的郁金香种植在荷兰的沙土地上。而这块位于莱登（Leiden）和哈勒姆（Haarlem）之间的实验花田，开始成为荷兰著名的球茎花田区。一群 Lisse 的花农希望创造一个开放空间式的花卉展览场地，于是库肯霍夫公园在 1949 年成立了。

公园原是雅各布伯爵夫人的所在地，霍夫（Hof）意为城堡中的庭院，用于打猎和种植蔬菜及草药，库肯（Keuken）意为厨房。

因你的注视而幸福

公园里的郁金香品种实在是太多了，我边看边觉得惊奇。当我看到一枝花葶上开了那么多缤纷蓝花时，我不禁感慨万分地对身边一个陌生女孩说："郁金香还有这样的？！"

"这不是郁金香，是风信子（Hyacinth）。"她说。

"Hyacinth？"

她给我解释了好久，我还是不清楚 Hyacinth 是何物。这时一个来自宝岛台湾的男人忍不住过来告诉我："Hyacinth 就是风信子。"

这是风信子？风信子竟然如此漂亮？风信子，传播风的信息，我以为是原野上类似蒲公英的野花呢。

"我们国家的人都喜欢风信子，她是新娘的捧花或饰花。"女孩说，接着开始给我介绍风信子。早花种的玛丽、粉珍珠，中花种的德比夫人，晚花种的蓝衣、软糖，这些都是常见的，除此之外还有桑红玫瑰、红色魔卡……

"你怎么知道这么多？"我惊讶一个 20 岁的女孩会对一种花有如此多的了解。

姑娘淡然地笑了笑，开始给我讲她的故事。女孩来自英格兰一个小镇，12 岁时，班上一个男孩有一天送了幅画给她。画上是白色的风信子，清新温柔。她很喜欢，道过谢后便收下了。从此，这个男孩经常送画给她。她并不喜欢这个脸上有雀斑的男孩，但是，她喜欢他的画。他不画别的，就画风信子，白色的，粉色的，黄色的，红色的，蓝色的。那是恬然、纯净的世界，清新美好。遇到不开心的事，她一看这些画，便把所有烦愁都抛到脑后去了。

后来男孩离开这里，随家人搬到别的小镇去了。他还是给她画画，寄来。

她开始谈恋爱了，没有时间，也从不回男孩的信。虽然他的信中只有画，没有别的一个字，而且一如既往。他有那么多美丽的风信子，花园中的，花瓶里的，海边的。它们摇曳多姿，始终是甜美、轻柔、令人喜悦的。

热情过后，女孩的男友开始淡然，对她的事情不上心，连她 18 岁的生日都忘记了。那天，她和男友在一起，但她始终没提一句。在伤心地回到家门口时，姑娘惊喜地看到一束风信子，在她的窗台上。她以为是男朋友想给她惊喜，但他残忍地说出了真相："下午我来找你时，远远地看到一个小伙子放在这里的。"她知道送花

葡萄风信子和番红花

的是谁。

　　一年后，她的男朋友离开了她。她开始想那个男孩的风信子，她也学着画。她画了紫色的风信子，给他寄去。没有回音。她突然发现，他已经好久不再寄画给她了。7年了，他厌倦了吧？或许，她18岁生日那天，他亲眼目睹了她和男友的亲热，因而清醒了？她想知道答案，她按地址找去。

　　他不在，他已经去世半年了。他妈妈把一封信交给她，那信里还是没有一个字，那是一幅黄色的风信子。

　　她开始狂爱风信子，每年春天，都要来荷兰库肯霍夫公园看它们。"荷兰是风信子的主要生产地，在18世纪风信子的栽种便非常流行，在当时有记录的品种已经超过2000以上。"

　　她知道了各色风信子的花语。她也知道了他为何唯独不画紫色的风信子，那代表妒忌和忧伤，那不是他的感情。

　　她知道那最后一幅，黄色风信子的花语是"我很幸福"。他从来没有向她表白过一个字，但她觉得他说的她全明白。他的爱不图回报，因为能够爱她，他觉得非

风信子

常幸福。她也因他一直默默在关注，顿觉人生的幸福。

"有的爱，马上就会被你意识到；有的爱，却包裹在时间中。"

他的生命之火，在他离开后，为她继续燃烧。她虽也有伤感，更多的却是感激。虽然时间有点叉开，但她感觉与他同享了人生。从 12 岁到 19 岁，她心底深处清新的喜悦……

风信子，在我眼里更加摇曳多姿起来。在高高的古树下，在高远蓝天上，在春天的和风中……在荷兰，在英格兰……

在圣诞老人

故乡看雪花

每年 12 月下旬，大批游客从全球的不同位置飞往芬兰。到了赫尔辛基，他们会再乘飞机往北，去他们的梦想地拉普兰。拉普兰（Lapland），位于挪威北部、瑞典北部、芬兰北部和俄罗斯西北部，那是芬兰北极圈以北的地方，人们称它是"欧洲最后一块原始保留区"。人们之所以在这个飘雪的时候赶到这里，因为这里是圣诞老人的故乡。

在圣诞老人的故乡过圣诞

1927 年，芬兰和苏联划分两国通往北冰洋的国界，地点是拉普兰省"耳朵山"。这个消息给芬兰故事大王、儿童节目主持人玛尔库斯带来灵感。他在电台给孩子讲故事时说，圣诞老人和两万头驯鹿一起居住在"耳朵山"。因为有耳朵，所以圣诞老人能听到世界各地孩子的心里话。这个故事得到了世人认可，从此这里成为圣诞老人的故乡。这个白雪飘飘、不染尘迹的地方，看不到工厂烟囱，没有商店戏院，也很少车辆。只有河流、树林在白雪下，轻轻呼吸在洁净的空气里。它确实像圣诞老人驾着驯鹿雪橇，轻快地跑过的仙境。

第二次世界大战后，美国总统罗斯福的夫人访问芬兰。拉普兰首府罗瓦涅米（Rovaniemi），是这个世界上唯一在北极圈上的首府。为了迎接客人，在北极圈这个点上，建了个小木屋，让罗斯福夫人领略极地风光。这个小木屋，也就成了今天北极村的雏形。

圣诞节时的这里，一片银装素裹中洋溢着节日气氛。着红披风，戴尖顶红帽的孩子们在雪堆上爬上爬下，尽情嬉戏。孩子们这样打扮，是因为圣诞老人的助手就是这样装扮的"仙童"。

因为好奇我的东方面孔，有几个孩子邀请我和他们一起到雪堆上玩。那雪堆高得都快到树顶了。人越大胆子越小，小时候我敢，现在则有些胆怯。几个孩子拉我，我也就半推半就了。爬到那么高的地方，我可以看得很远，高高挺挺的树，银装素裹，一望无际。芬兰3/4的森林覆盖率为世人羡慕，但这也是他们爱护自然的结果。在芬兰，孩子们很小时，家人就教他们认识各种树木、花鸟。生物和环境是义务教育期间重要的两门课。全体人参与保护，这个千湖之国，不管冬夏，也就永远是清新的空气。

有木头小房子，点缀在皑皑白雪、片片树林中。简单，大方，芬兰的设计举世闻名，他们的设计也更符合自然之道。比如花园中的树木，尽量不修剪，不让它为了愉悦人的眼睛而改变自己。发现一处新风景，也不特意修路，以使更多的游人方

圣诞老人的故乡

便到达。这样的保护，也使拉普兰有世外桃源般的清净宁和，使得它在冬天还有这么多的雪，使得和孩子玩雪的我忘记了年龄。

下雪时堆个雪人，可是孩子的最爱。这里的雪人，有 3 人那么高。10 点之后太阳才出来，2 点就落山，短短的日照使雪人坚硬，孩子们都可以爬到上面。一个调皮的女孩子，叉开腿站到两个雪人身上。今天是孩子的节日，想怎么玩都行。

一个个浪漫的木头小房子里，各式的圣诞用品应有尽有。这儿有很多圣诞老人的雕像，孩子们坐在他怀里照相。孩子们更喜欢排着队，登台一展歌喉。那情真意切的演唱，除了唱给台下的父母，更是唱给能懂他们心事的圣诞老人。

用中文写圣诞快乐

还有队排得更长的，那是等待和圣诞老人合影的人群。那个乘驯鹿雪橇飞奔而来的老人，那个顺着烟囱爬下的可爱老人，那个每年送你精美圣诞礼物的老人，就在前面不远处，你怎能不上前去跟他问候致谢？或者，索性把心里的秘密讲给他听？

在圣诞老人的办公室里，你可以问任何有关他的问题。圣诞老人学问渊博，会多国语言，也能讲一些中文呢。

每年，这里都会收到成千上万封世界各地孩子的来信，邮件中心也会处理这些信件。从圣诞老人的故乡这特别的地方，寄张印有圣诞老人邮戳的圣诞卡给朋友，不也是给他们的一份惊喜吗？从众多精美的卡片中挑选你最心仪的，静静地在桌边坐下，把心中的祝愿写上去。外面的大雪慢慢飘下，那正是你心中绵绵的祝福。

一个正在写贺卡的姑娘抬起头来。我以为她要斟酌一下将要写到贺卡上的文字，谁知她望向我，笑着问"我从哪里来"。我回答是中国后，她用中文说"你好"。那是她仅会的一句中国话，但她想知道"中文的圣诞快乐是怎么写的"。因为将要收到这张圣诞贺卡的朋友，非常喜欢中国。我将"圣诞快乐"这四个字写到一张纸上，然后，她慢慢地将它们抄写到贺卡上。圣诞的诞字被她写得很开，但这幼拙中，我看出了她对朋友的深切祝福和心意。

在这里，几乎每个游人都愿意在北极圈纬度线上拍照，那里刻着北纬 66° 33′的字样。在这里也可以买一张到达极地的证明书，甚至有中文版的。如果够幸运，你还可以看到神奇的北极光，五颜六色，将天空装扮得美丽浪漫。

大邮箱

　　如果你怕圣诞前夕买不到机票，住宿不好安排，也可以早些过去。罗瓦涅米在11月24日就恭迎圣诞了。北极圈圣诞季开季大典在罗迪隆重举行。圣诞老人出席仪式。

古都图尔库宣布"圣诞平安"

　　圣诞节是芬兰人最重要的节日。除罗瓦涅米，芬兰各地也都是浓浓的圣诞气氛。

　　11月末，在赫尔辛基，亚历山大大街开始成为官方的圣诞街道，由圣诞老人亲自开放。灯光打开之时，声势浩大的游行队伍从参议院广场出发，沿亚历山大大街前往曼内海姆路，每年有5万人参加此活动。从这时起，大商场就都装饰一新，彩灯高悬，迎接圣诞购物人群了。圣诞集市更是各有特色。圣托马斯圣诞市场出售手工艺品、圣诞食品。女士圣诞贸易市场，则全部出售的是芬兰妇女的手工产品。动物园里还有斯特布尔·埃尔夫（Stable Elf）圣诞之路，芬兰城堡有圣诞节展览会，情侣岛有圣诞长廊，冬季杂技场也在舞蹈剧院（Hurjaruuth）里开始了。圣诞音乐会更是不能少，在爱力克（Alike）音乐大厅和各个教堂举行。

　　圣诞节是芬兰一年当中最隆重的节日。每家主妇都要精心准备圣诞餐。传统的圣诞火腿、鲜鲑鱼、李子酱甜品、肉桂饼都不能缺少。圣诞前夜，还要洗芬兰人喜欢的传统的桑拿浴。圣诞节的高潮自然也在平安夜 12 月 24 日。早起，要吃加糖和桂皮的传统米粥。中午 12 点整，古都图尔库（Turku）宣布"圣诞平安"。这项仪式始于 13 世纪，至今依然沿袭那时的祝词。只不过今天，它通过电视直播把圣诞节来临的消息传播到芬兰各地。

踏雪送来圣诞卡

来芬兰，你不能不去芬兰城堡。

芬兰城堡由 6 个岛组成，是当今世界上现存最大的海防军事要塞之一。它由瑞典炮兵军官奥科斯丁设计。当时修建的一个主要原因是为了防御俄罗斯人的入侵。城堡军事时代结束后，芬兰文化部接管了城堡，后来又变成博物馆。除了众多的军事博物馆外，还提供 3 种当地酿造的啤酒："芬兰城堡光辉""芬兰城堡派对""赫尔辛基波特"。

城堡还有教堂、军营等古迹。1991 年，芬兰城堡被联合国教科文组织列为世界文化遗产。

赫尔辛基

硝烟早已散尽，如今这里是旅游胜地。夏季游人如织，冬天则别有风味，尤其是雪后和圣诞之时。芬兰城堡圣诞节开始的标志是在主码头举行的演出，以古斯塔夫三世皇帝为主题。圣诞期间，岛上总有小型的游行队伍，踩着雪，踏歌而行。更多时候，岛上是遗世独立的清雅、仙灵，寂静的雪、山林、小桥，教堂的尖顶，落雪的秋千和信箱。岛上人很少，只偶尔有滑雪车的小孩，互致问候的两个老人。淡蓝色、淡黄色的房子，在雪中静悄悄的，像清丽、安宁的女子。回廊下无人，大门紧闭。

在雪中，一个男子骑着自行车，在一个落雪的木头信箱旁停住。我好奇地跑过去："你真是送信的？"他说："是啊。"我说："这些信箱原来不是装饰，是真用来收信的？"他倒有些好奇了，"不是收信的，那还叫信箱吗？"经他介绍我才知道，每年12月，芬兰全国各地经邮局发送的圣诞卡超过5000万张，而芬兰全国才有500万人。精心挑选圣诞卡，把独特的祝福亲笔写上去，然后慢慢地寄过去，不像电子邮件那样瞬间到达，那又是怎样一份宁静的等待的幸福啊？

很多事情，不问还真不知道。看到那雪地上的蜡烛，我以为是西方人太爱蜡烛了，除了家里点，把家门口也得点上。可一个小姑娘告诉我，那是怀念奶奶的蜡烛。

淡黄色的房子

在圣诞这个特别的节日里，他们让天堂里的亲人也分享这份快乐。那些离开尘世的亲人，永远是他们生活中的一部分。蜡烛静悄悄地燃着，把思念和祝福传到天上去。

后来在墓地，更是看到了很多很多的蜡烛，点点烛光闪烁，仿佛和天上的星光辉映在一起。为了怕蜡烛被风吹灭，还有人为它们罩上了冰罩子。蜡烛旁还有鲜花，这样的墓地，感觉到的不是悲凉，而是温暖。离开的人，一直被记挂着，被这样细心地关照、回忆着。

黑夜和白天

大雪后，车行得很慢。路上没什么车，所以我才能把这辆车拦住。

"有什么需要帮忙的吗？"车主，一个帅气的小伙子问。我说："你还开着车灯。"

他哈哈大笑。白天也得开车灯，这可是芬兰的法律。

他还是表示感谢。之后，我接着赶路。我是去情侣岛，这是芬兰人非常喜欢的一个地方。有在湖水中嬉戏的水鸟、野鸭。整个岛，也是一片茂密的原始森林。最主要的特色却是，这里散落着一栋栋古老的木屋、桑拿浴房、老教堂、旧庄园。你可以看到芬兰人以前的传统生活。这些旧物都历经了 400 多年风雨，是从芬兰全国各地移建到这里的。岛上的活动很多，夏季的篝火晚会、民乐周、亚麻织物节、土豆节。冬天冷清点，却又有另一番风情。

雪光树影间，宁静小湖畔，雪的素净带给人心里一片和悦。时间刚刚两点，西边却已是落日云霞了。"我的表没有错吧？"我问一家三口同游的芬兰人，他们笑了，"这可是北极。现在还不是极夜呢。"我说那我得赶紧回市里了。他们热情地让我搭车。

在回去的路上，一辆过来的车使劲闪我们。我问什么意思，这一家之主说："前面有情况。遇到了驯鹿或路障什么的。"在自己经过挫折之后提醒别人，多善良的芬兰人啊。

在芬兰，每头驯鹿的耳朵上都有独特的标志。这样驯鹿即使走出很远很远，警察也会根据这些标志很快找到它的主人。不过要是驯鹿和车相撞了，结果不是我们想象的那样，而是驯鹿的主人要赔付。

回到酒店，吃可口的晚餐。鲜鲑鱼片、三文鱼片、比肉还贵的小马铃薯、糯糯的麦片粥，还有芬兰特产的浆果酿酒。在微醺的气氛里，回忆芬兰迷人的圣诞。

给予的快乐

我在德国时，带着女儿千容在黑森林附近住了一周。

那时她两岁多。我跟她讲："宝宝，你喜欢吃的黑森林蛋糕，就产自这里。我们家客厅里的布谷鸟钟，也是妈妈从前在这里买的。格林童话中的《白雪公主》《灰姑娘》也都发生在这里。"

早上，晨雾还没有散去，我们提着篮子去黑森林里采蘑菇。德国人环保意识好，每次从草丛中拔出一个蘑菇，他们都要把地上的那个洞重新封起来，据说这样做以后这个洞里还会再长出蘑菇来。我也提倡环保，尽量少地开发不可再生的资源。千容穿的上衣是一个小姐姐从前穿过的，裤子，是一个小哥哥穿过的。也没什么不适，衣服是外在的。

这天，我们出来晚了，什么蘑菇也没有采到。

"并不是我们想要什么，这世界就给予什么。"

"可是，我什么也没有。篮子都是空的。"

"孩子，什么是真正的空呢？"

她还太小，并不能理解这些。走在厚厚的松针落叶上，刚才高兴的她，现在却那么失望。

回去的路上，遇到一个老夫人。她在自己的庭院里，快乐地笑着。

她见过我们几次，每次千容都是开开心心的。每个孩子，每天也基本都是开心的。

"小家伙，今天好像不高兴啊？"

我告诉了她原因。

她让我们等等。

她从自家的花园里，剪了两朵玫瑰，送给孩子。

后来又有石头、桑葚，来到千容的小篮子里。

孩子高兴坏了，可没走多久，她摔跤了。篮子里的东西掉了一地。

桑葚不能要了。石头、玫瑰，又捡回来。

人生就是这样。你高兴时，你不知马上还会摔跟头。你不知道一个跟头，能让你失去什么。失去的东西，有的能捡回来，有的却是永远失去了。我跟千容说这些，不知她能懂多少。

我们最后一次见那德国老夫人是在一个黄昏。有一个人问路，她走出院子，向右，拐过房子，她把方向指给那人。

"你真愿意帮助别人。"我称赞她。

她说："能给予，是那么快乐。"

接下来，她给我讲了这个故事。

有一次，爱力逊到美国中南部的一个小城讲学，他的一个朋友托付他去看看自己的姑妈。姑妈一个人住在一座老房子里，和任何人都不往来。她孤独，却无法改变自己的生活，最后得了抑郁症。朋友对爱力逊说："你有没有办法让她改变一些？"

爱力逊来到朋友姑妈家，发现果然如朋友所说。寂寂的大屋里，死气沉沉，仿佛都没有了生命的迹象。爱力逊温和地请求姑妈带着自己参观一下房子，看能否找到一点稍微有生机的东西。

在房间的一个窗台上，他发现了几盆非洲堇。姑妈说："我什么事也没有，每天最多给这些花浇点水。谁知道，竟然有盆开花了。"

爱力逊心里有希望了。他说："这些花太漂亮了。你既然有能力让它们开花，不妨多种点。城里谁家有喜庆事，结婚、生孩子、过生日……你送去，一定会让人十分开心。"

姑妈果然多种了不少，给周围人带来了快乐。

她大量种植，几乎小城里的所有人都得到了这紫色小花给予的关怀和温暖。姑

老婆婆
给的玫瑰

妈自己的生活也完全改变了，她的房子不再是窗帘低垂，灰暗冷涩。灿烂的阳光照进屋来，照着明艳的小花，也照着姑妈。她快乐向上，每天乐呵呵的，脸上充满了爱和幸福的光彩。

她去世时，全城的人都过来送她。消息登上了报纸头条：全市痛失我们的非洲堇皇后。

普罗旺斯的

薰衣草

七八月去普罗旺斯，很多人是奔薰衣草去的。

普罗旺斯有六大薰衣草种植区。其中，索尔特（Sault）、斯米亚纳（Simiane-la-Rotonde）、戈尔德（Gordes）附近赛南克修道院前的薰衣草最为著名。很多游记说赛南克修道院前有一大片薰衣草田。如果你在普罗旺斯多走几天，你会发现，那片薰衣草田根本不算大。这里的薰衣草出名，除了它们是修士们种的，生长在12世纪修建的黑白两色的修道院前，还有个原因：它们所处的吕贝隆地区，是彼得·梅尔那著名的《山居岁月》的背景。

在山城斯米亚纳看薰衣草，也很方便。举目四顾，处处是紫色的花田。山顶，有12—13世纪修建的罗通德城堡。

薰衣草之都，索尔特的薰衣草最为壮观。从蒙尼欧开始，你就会在绿色的山谷中，望到点映其中的薰衣草田。它梦一般，飘浮在一片绿色中。往东北索尔特方向去，就不是你找薰衣草了。它们排列在路边，迎候你的到来。

它弯弯的垄，呈现我梦境的一部分。它和乡间红顶白房子配在一起，闲适、抒情的归隐意境。

灰绿色群树的怀抱里，薰衣草的一片紫色，开过桑芦花的一片绿色，收割完稻草的一片麦黄色，多么丰富却恬静的景色。

这是一大片接一大片的薰衣草田。还没有一垄被割。它们温情脉脉地伸向远

索尔特

斯米亚纳

方，普罗旺斯的蓝天白云之下。小家碧玉一样的薰衣草，安静，恬然，充满令人温暖的香。干燥的风，吹送它们的香气。不张扬却会被你一下记住的幽香。蜜蜂嘤嘤叫着，蝴蝶翩飞。紫色的海洋，心底的颤动。

薰衣草盛开的季节，也是普罗旺斯最热烈的季节。你可以在薰衣草田里远足，参观薰衣草农场和博物馆，在农家小住；你可以和花农一起收割薰衣草；你可以参加薰衣草传统集市，薰衣草花车游行。小镇费拉西鹤，树上、屋檐、农具旁，到处都装饰着薰衣草。蒙特利马（Montélimar）的普罗旺斯林荫路，薰衣草节刚刚开幕。梧桐树上，挂着红蓝白三色小旗。一家家小摊，排列开去。薰衣草花束、香熏制品、香皂、香袋，真是应有尽有。油画、手工艺品，也是以薰衣草为主题。这些东西旁边，也都点缀着薰衣草花束。望着这蓝紫色的小花束，你会想：就是为你们吗，我不远万里地赶来？

吃了5年，几十个国家的面包。这里的是最好吃的，有自然风味的，杏风味的，橙子风味的，薰衣草风味的。价格倒不算便宜，100克，2.8欧元。买了一大块薰衣草风味的。蛋白杏仁甜饼，也不错。价格也是100克，2.8欧元。

夏季的普罗旺斯，浓墨重彩。除了纯真的紫色，还有浓烈的金黄色。阿尔勒大片大片的向日葵田，浓烈得像情人的心跳。阿尔勒的向日葵最为出名。因为那是凡·高画向日葵的地方。

一年超过300个晴天的普罗旺斯，阳光总是灿烂，充满浓烈的对比色彩，充满生命的律动。也正因此吧，凡·高能把夜空都画成明亮的蓝色。麦田像在舞蹈，路能长出脚，风看起来都像动物。

不知道吸引凡·高来阿尔勒的，是甜美田园，还是这里的艺术氛围。这个位于罗讷河畔的小城，是罗马时期的古城。2000多年后的今天，斗兽场、古剧院仍然吸引世界各地的游客前来。而掀起旅游大潮的，还是每年7月的国际摄影节。阿尔勒是法国摄影大师、法兰西学院第一位摄影师院士吕西安·克莱格的故乡；阿尔勒的摄影节，现在也已成为国际上很有影响的摄影节。跟其他摄影节多布展在展厅不同，阿尔勒的摄影节，显示了普罗旺斯悠闲、随意、不拘一格的特色。除了画廊、剧院、教堂、凡·高中心、废弃厂房，都成了作品展示地。

阿尔勒是那种你慢慢喜欢上的城市。走在古旧的小巷，经常会看到十六七世纪的建筑。虽然经过那么多岁月，却有时光洗不去的华美。今天，这里的人们，也那

蒙特利马

么热爱生活。法式的细窗外，摆着漂亮的盆花。还有在窗台外摆一排玩具的。还会用那么好看的花布，裹着咸菜坛子。

阿尔勒附近有很多好玩的地方。向西，艾克斯是著名的大学城，也是塞尚的故乡。曾在他画中多次出现的圣维克多山姿容秀丽。如果喜欢险点的，也有冯度山。白色的岩石，远看，像雪一样。惊险的路上，不时有赛车。此地被联合国列入"生物圈自然保护区"。

阿尔勒向北，有著名的教皇城阿维尼翁。阿维尼翁的夏天，有热烈的戏剧艺术节。从7月的第一个周六到最后一个周六。除了剧场"正规的"演出外，街头、广场、教堂前，到处有表演的人们。观众也参与，舞台慢慢扩大，变成整个城市的狂欢。歌声笑声，旋转木马；装扮奇异的人们，直至深夜才归。欧洲很多大中剧院的经纪人，也不枉此行，找到了自己中意的新秀……

韦宗小镇的蓝调、爵士节；卡维隆小镇的香瓜节；普罗旺斯还有美手节、啤酒节……音乐、美食、明亮阳光、慵懒生活，这就是普罗旺斯迷人的夏季。

　　我在马德里住过 3 个月。那时候，每天和西班牙姑娘安尼塔（Anita）在一起。我们最爱去的地方是丽池（Retiro）公园。

　　这个旧日的皇家园林，占地 142 公顷，种植的植物超过 15 000 株。

　　炎热的夏季，这公园里的浓荫为大家喜爱。

　　我们也划那些带白边的蓝色小船。爱斯潭克湖上还有一艘白色的游船，停在那里，一动不动。岸边的树绿绿黄黄的。被阿方斯 12 世纪念碑分开的 3 棵白桦树，向水里弯着它们的身体。

　　纪念碑对面的林荫道，热闹非凡。

　　我们站在那里看一个男人卖艺。他收钱的琴盒放在地上。一个拿冰激凌的小女孩坐在那男人旁边的地上。不知是他的，还是游客的孩子。一曲终了，周围的人都鼓掌。

　　路旁的木椅上有闲坐的人们。

　　我们在小亭子里喝荷尔茶塔（一种碎冰加杏仁的饮料）。

　　我们走去林中。钻天杨闪着它们朴素的绿，让我想起故乡。栗子树结着绿色带刺的果实，我们用脚踩上去，栗色光滑的果实滑脱而出。

　　我们接着向前走，看到了水边的玻璃房子。旁边的牌子上介绍这水晶宫在 1887 年的内部情况。

丽池公园

1887年，这里举办过菲律宾热带植物展。眼下，正有个当代艺术展。

水中有秀丽挺拔的高树，它的根一半露在外面。鸳鸯在水中游动，还有白鸭子、红嘴黑天鹅。黑天鹅颈部曲线优美，身体后半部的黑色羽毛像裙裾美丽的褶皱，在优雅、悠闲地游动。孩子喂面包给它们，白鸭子比谁都能抢，鸳鸯为了吃面包，都站到水边下第二级台阶上了。孩子把面包给天鹅，手伸过去，又拿回来。天鹅的脖子伸过来，又缩回去，再伸过来。

树下的椅子上，也有孩子在喂麻雀和鸽子。那么多麻雀，蹦蹦跳跳的，"突噜噜"一下子闪到树上不见了。然后，再飞回来。

高树，一簇红了，上面落着鸽子……

这朴实、欢乐的人间，有大自然的慷慨赐予，也有我们人类所创造的美好。

丽池公园里有个玫瑰园，很大，园内各色玫瑰芬芳吐艳。

"和你一样，我不喜欢这些常见的花，我喜欢那些少见而独特的。"安尼塔说，"前几天，我在一个女朋友家见到琉璃苣。你知道那花吗？"

我点头。

"我从未见过那花，疑为天人。而她关于这花的故事，也让我深有启发。

"她大学毕业后，被分配到一家电信公司。她美丽大方，公司里很多小伙子都喜欢她，追求她。在众多的爱慕者中，她看中了一个小伙子。他很帅，很阳光。他约她一起去跳舞。第二天问她感觉如何。她的感觉就是：愿意与他相伴终生。

"有一天，她应邀去他家。客厅里，摆着他的妈妈、姐姐、哥哥的照片。他们都很漂亮，笑容灿烂。

"可他给她讲了一个故事后，她沉默了。

"他家族有病。他的妈妈、姨妈、姐姐、哥哥，都因这病去世了。

"这对她来说，简直如晴空霹雳。

"她想过放弃他。但没有他的生活，让她更难以忍受。这时候，她去问询姑妈。在你们中国，长辈一般都什么意见？"

"家里的长辈，基本上会为她的未来着想。这家族遗传病不是别的。几年后，丈夫得了怎么办？更要命的是还有后代。"

"姑妈独居，家里有个小花园。姑妈把她带到花园，那里有几株蓝色的花。姑妈问她认识这花吗？她说不认识，从没见过这么漂亮的花，简直梦幻一样。姑妈说在中世纪的修道院，教士们很喜欢在庭院里种这花，不仅能观赏，花叶还能食，药用，这花更是勇气之泉。在中世纪的欧洲，士兵们上前线之前，都要在酒杯里插上它，高喊'琉璃苣，给我勇气'。

"姑妈跟她说，自己年轻的时候，爱过一个男子。但'他爸爸性格暴烈，动辄发火骂人，还动手。另外，他妈妈控制欲特别强，任何事情都要自己做主，从不听别人的意见。我听一个心理医生说，这样家庭出身的人，很容易得精神病'。出于这方面的畏惧，姑妈退缩了。她没有再爱过别人，她后悔了一辈子。

"但有可能的是，你跟了他，他果然精神有问题，你也跟着受苦。

"姑妈说，有这么一个传说：你手捧一朵琉璃苣，默念爱人的名字，把它投入水中。如果花瓣在水中立住了，爱情长久；如果花瓣随水漂走，则你们有缘无分。

"她没有试，她不想把幸福的机会交给概率，她要的是自己的努力。

"姑妈赞许了她。姑妈说'什么是指引？就是心的方向。那家族病可能会在几年后，十几年后，几十年后显现。可我们不是为没发生的未来活着，我们要活在当下（Live for now）'。

琉璃苣

"我想起我学生时代流行的一句话：跟着感觉走。"

"姑妈给了她几棵琉璃苣，她养得非常好。这勇气之花也帮她超越了自身的局限。家人，一个个相继离开，对男友是怎样的打击？那些昏暗的岁月，他是怎么度过的？他心里的安慰是什么？他要怎么安慰自己，才能笑得出来，阳光灿烂？他得需要多少勇气，才敢来追求她？

"真的深爱一个人，就要有保护他的欲望，她再不想让他受这样的罪了。她要给他战胜困难的勇气和力量。她要和他一起穿越黑暗，找到心底的光明。

"她准备不要孩子，但不小心有了。她想好了，如果孩子不幸也有遗传病，她就和他们一起扛。不管他们共同生活的时间有多久，都是她最珍贵的所有。"

"那遗传病叫什么？"

安尼塔告诉我，我没听懂。后来又忘记查了，便也一直不知那是什么。但这个琉璃苣的故事，一直深深留在我的记忆里。

未选择的路

12 年前，各国的旅行攻略，网上几乎还没有。当时，我在海外旅行到了第三个年头，不像最初会买旅行书，那时走得有点疲沓了，就随意起来。

我知道辛特拉[1]，是在火车上。是走遍欧洲的拜伦眼里的伊甸园？那我一定得去啊。

辛特拉，果然让我激动万分，仿佛进入了童话王国。

因为临时决定前来，我只有半天时间。忘记了是否是在旅游中心得到的资讯，几个景点之中，我选了摩尔人的城堡。

这之后，我在北非流连过很久，知道了摩尔人，英语文献中指摩洛哥人，过去亦指在 11—17 世纪创造了阿拉伯安达卢西亚文化，随后在北非作为难民定居下来的西班牙穆斯林居民或阿拉伯人。

我在葡萄牙时，对此几乎一无所知，但不知为什么，摩尔在我眼里很浪漫。

去摩尔城堡要爬很远的山，我这体力都感觉到了些许吃力。要命的是，那里根本就没有城堡，只有城墙。什么感觉呢？有点像长城，但太小儿科了。大石头，青苔覆盖，残垣断壁，改名叫遗址好吗？

去摩尔城堡的人很少，一路伴我左右的只有一对外国夫妻和他们年幼的孩子。6 个月大的孩子，由妈妈抱着；爸爸抬着婴儿车。从他们这里，我知道了婴幼儿能

1　里斯本北部山城。

摩尔人城堡

带出来旅行。几年后，我就这么做了。

7年后，我又去里斯本，结识了几个意大利青年、西班牙青年、巴西女孩。他们原本都是一个人，是路上慢慢凑起来的。最后又"捡"了我。

这一天，他们说要去辛特拉，我动心了。

大部分人的旅行，往往都受行程所限。我们在这里，只有一天时间，其实一天都不到。黄昏，还要赶回里斯本的火车站。

一路彼此迁就很多，这一天，大家建议都随自己的心走。因为辛特拉是山城，爬起来费劲，又受时间限制，基本上只能看一个景点。

佩纳宫，欧洲10个最浪漫的宫殿之一（2015年布鲁塞尔旅游组织公布的榜单上，它被评为最美丽城堡之首），世界上最甜蜜的城堡，葡萄牙七大奇迹之一。除了它，我还要去看谁？

女性喜欢的东西差不多。巴西女孩选择如我。

意大利男孩要去看雷加莱庄园。"雷加莱庄园有豪华的公园、湖泊、洞穴、水井，还有很多精美的建筑。庄园的结构神秘，不可思议，又被称为'迷宫花园'。"

虽然我说了摩尔城堡不怎么样，但西班牙小伙子还是坚持要去。

佩纳宫的入口在山下，皇宫在山顶，整个山坡都是花园。还有什么能让我这样的花痴更高兴呢？

巴西女孩不像我那么爱花，又确实觉得登山辛苦，而且一天就看这么一个地方太亏了，走了没多久，她说："我回去搭巴士上山，你一个人走吧。"

一个人欣赏花香鸟语，赏心悦目，自由自在。沿途很多摩尔人的拱廊和小亭子。突然想到小亭，它的另一个意思，难道不是小停吗？人生就像登山，登顶不是目的，重要的是你沿途看到了什么，经历了什么。

跟我印象中传统的花园不同，这里没有皇家园林的整齐划一，很自然，像小森林，很多地方很幽静，有鲜艳的石竹花盛开。

这花总让我想起小时候。我生长在中国北方，尤其是多年前，没什么鲜花。我有一个邻居在公园工作，夏季，总是拿花给我家。有剑兰，还有石竹。白色、红色、粉色的石竹，分外让我迷恋。"野蝶难争白，庭榴暗让红。"

见我在石竹前这么流连，一个年纪稍长的西方女人说："我最喜欢这花。今年母亲节还送了这花给妈妈。"

"什么？难道母亲节不是送康乃馨吗？"

"康乃馨，又叫香石竹，就是石竹花的一种。母亲节这天，母亲还健在的人要佩戴红石竹花，母亲已去世的人要佩戴白石竹花。"

上山的道路不是一目了然，反倒有些迷宫的感觉。

橘子春天开花，秋季结果。现在，它们安闲在夏季的时光中。我经过橘子树，想起在北非的时光。

山茶还没有开花，要等到晚秋时节，才能闻到幽香。

佩纳宫，不像一般宫殿那么富丽堂皇。它美艳，像乐园，让人不禁想象王子公主的恋情。实际上，这梦幻般的城堡，正是当年费尔南多王子送给新娘的礼物。

城堡顶层塔楼，如发射火箭般。我们每个人的心里，是不是都该有个小火箭？

受曼努埃尔和摩尔建筑风格影响的佩纳宫，是葡萄牙19世纪浪漫主义宫殿的巅峰之作。作为辛特拉文化景观的一部分，1995年佩纳宫入选世界遗产。

宫殿里面不让拍照，除了中庭。

这中庭，又让我回忆起阿拉伯人的生活。他们多处在炎热地区，为躲避酷暑，喜欢在中庭，用绿植、喷泉等营造出清凉的氛围。海边的葡萄牙人喜欢用贝

佩纳宫

壳和花草一起装饰。这中庭有个很大的花盆，里面的绿草被装饰得好像水漾出来一样。

龟背竹在中国也常见。喜欢新奇的我，很多时候对平凡的东西不感冒。

佩纳宫不是建在一个平面上。这里看这样，那里看那样。这也像人生，从前的事，回首再看，又是别样滋味。

绕过教堂，是佩纳宫的后方，这里可以看到摩尔人城堡。起伏的山上，小径弯曲，植物繁茂。不知西班牙青年，在那里看到想看的东西没有。

青青山谷，赏心悦目。塞拉德山的松涛，有风经过。

摩尔贵族与葡萄牙王室之所以选辛特拉做夏宫，因为这里依山傍海，景色怡人。诗人拜伦把辛特拉喻为伊甸园；英国作家罗伯特·索泰则认为这里是"地球上最成功的一处人居环境"。它的别名还有"月亮女神的庄园"等。

我在回里斯本的车站时，遇到了意大利青年。他很喜欢自己选择的雷加莱庄园。"外面阳光灿烂，岩洞里一片漆黑。我打着手电，慢慢走到尽头。那就是地图所标注的深27米的涸井，岩洞尽头的出口刚好是井的中部。井的周围是旋转楼梯，沿着这里走到井口，外面是个花园。庄园里还有很多神秘的图像。怎么说呢？有探险的味道……"

我再没遇到西班牙青年和巴西姑娘。我只希望大家都对自己的选择满意。

那之后有一段时间，我喜欢问各色游客："到一个地方，你是如何在众多景点中做出选择的？"

1. 看过相关的书和电影，知道某景点一定要去。

2. 读过很多攻略，知道取舍。

3. 别人来，我跟来的。

4. 根据当时的心情。

5. 根据字面做的选择。

6. 不选别人的路……总之，千奇百怪。

选择对于人生的意义是：让自己拥有最好的。但结果并不好说。

几年后，一个编辑得知我去过辛特拉，让我写雷加莱庄园。抱歉，我没有去过那里，虽然去过两次辛特拉。世上有很多路，总有未被我们选择的。

石竹花

南非科斯坦布什国家植物园在开普敦桌山东麓，
是世界遗产中的第一个植物园。
在这块占地 528 公顷的植物园里，生长繁衍着 6000 多种植物。
这里是名副其实的自然植物王国，
生长着占非洲大陆 20% 的花卉，70% 的植物为南非独有。

梅森的 蓝色花园

等梅森来问问他

"我怀疑你是和梅森串通好了。"在机场刚接到我，二米劈头便说，"去年你说来时，他也说来。后来你说再说，嘿，他也再说，后来没影儿了。"

"那么他现在在约翰内斯堡？"我半惊疑半挑衅。

二米耸了耸肩："没有。"

"干吗串通？"我说，"我想见他，不用在你这里。我直接去津巴布韦找他。"

我和梅森还不曾谋面，虽然我们彼此耳熟能详。我是二米的闺中密友，梅森是二米老公的死党。

"算我多嘴。"二米打开白色大旅行车。

"开这么大车？添丁进口了？"

"哪里？图便宜买的。白人走得很多，东西都得处理呀，便宜得不得了了。"二米笑了，"我说想要这车。原来的车主问我'你也有一大家？'"

二米没有，她只有丈夫——英国人尼尔。

6年前，在英国读书的她和回国看父母的尼尔相识。被尼尔传奇式的非洲冒险经历吸引，和他相恋，结婚，跟去他生活了17年的南非。

此时，我坐在三角梅搭成的花架下，读福柯纳的《我弥留之际》。紫色的三角

喜花草

梅，落堆在墙角，也飘落到桌上。桌上摆着我们喝剩的咖啡，那是用牧羊狗树的树根烧煮的。牧羊狗树，是梅森从他的农场里给移植过来的，他也是英国人，和尼尔一起长大。可以说，尼尔的非洲冒险是与梅森分不开的。虽然他们一同来非洲后的第八年，尼尔决定定居南非，而梅森留在了它北边的邻国津巴布韦。

铁艺桌椅的正前方，是游泳池。蓝碧的水面，漂着一些落花。身材那么好的二米，在泳池里寻找着更曼妙的身材。

开着粉色小扇子样花的树那么高，好像要长到天上似的。蓝紫色的喇叭花探出墙外。在南非，这花叫"早上的荣誉"。绿树、黄墙、紫花，如果没有铁丝网，那景色便不打折扣了。可没办法，约翰内斯堡的白人家，基本都有这铁家伙护家。

我左边的游廊前面，是巨大的草坪。草坪周围种着各色花，正中是棵开着紫花的大树。虽然我研究非洲的花、树"造诣匪浅"，但还是不敢确信这开着大紫花的，是否也属于紫薇花的一种。"等梅森来问问他。"昨天回答我问题的尼尔说。不知何故，他脸上闪过一丝阴影。

梅森出事了？死了？不对，死了就不会"等梅森来问问他"。那么，一定是残了。那么爱冒险，保不齐哪里就会出问题。那天在机场，我是为了避嫌吗，才没有接着向二米打听他的情况？对这个没见过面的英俊好男人，我会心中有鬼？想了想，趁尼尔不在时，我还是开口问二米。二米叹了口气："尼尔真是忍不住又提起梅森。从8月，不，从5月开始，我们谈论的话题就没有离开过他。这发生在梅森身上的灾难，也把尼尔压垮了。所以从上月开始，我和他约定：不再提梅森，直到不复是纸上谈兵，直到我们能真正地帮他做些什么。"

"这么严重？怎么了？"

二米刚想说，见尼尔过来，就赶紧环顾左右而言他。

我前年来这里，便总听尼尔讲梅森。"他何时会来？"尼尔很为这个朋友骄傲："这可不好说。他的农场忙着呢。""他也是个没谱儿的人。"二米说，"说不定哪天，门铃一响，他就在门外了。"那次我在他们家住了一个月，没有幸见到梅森。

梅森的蓝色花园

每隔两三年，梅森就要来南非一次，看他的英国老朋友们。其中有尼尔，也有别人。尼尔等人也去过梅森在津巴布韦的农场。每一次，也"定把二米揪来"。

尼尔吃 Sadza（一种津巴布韦食物，玉米肉粥）时，喜欢浇鳄鱼肉做成的汁。二米便说他"真像你英国祖先"。

在津巴布韦生活了25年，梅森早习惯了这里的饮食。喜欢这种浇尼亚马（Nyama）肉汁，玉米粉做成的 Sadza。

产于卡丽巴湖，被津巴布韦太阳晒干的加吉鱼和凤尾鱼是二米喜欢的。他们也吃大马哈鱼。二米的家乡，也产这种鱼。二米告诉他们，在中国人们把马虎的人，叫马大哈。和这鱼的名字有些像。从此，他们便叫它"马虎鱼"。"是够马虎的，"二米说，"否则也不会落网。"

住布拉瓦约的他们，有时也去哈拉雷住几天。男人们40岁，老了，喜欢静。二米不停地吵，他们就会陪她去商业街转转。有时在那里吃中餐，或意大利餐，然后去咖啡座喝杯咖啡。

更多时候，他们哪儿也不去，就待在农场。9月，干燥的冬季过去，南半球的春天来了。农场开满缤纷的鲜花。不识花的二米，有一天好不容易认出了雏菊。农场的黑女人笑了："说对了一半，这是雨雏菊。"那是白色带紫边的雏菊。还有"公牛眼雏菊""甲虫雏菊"。跟南非一样，他们给花都起非常逗的名字。比如"粉色的永恒""黑眼睛苏珊"。在土语中分别叫 Phaenocoma Prolifera 和 Thunbergia Alata。野紫苑、野生山梗莱、毛地黄……那是二米见过的最美的农场。

这不算什么，真的，看到梅森的蓝色花园，二米才真开了眼界。她开始怀疑梅森是英国人。蓝色的非洲爱情花，南非也有，二米认得。可下面这些，她便一无所知了。"流浪的犹太人"，矮矮的，蓝色的花开在玉米叶子般的长叶间。蓝色的水百合、蓝色的亚麻花、蓝色的风铃花、蓝色的喇叭草、蓝色的刺猬草……有些像非洲爱情花的轮锋菊。那花，更像是紫色的。梅森介绍到那儿，二米开始笑起来。蓝紫色的"翠鸟雏菊"，更像紫色的"毒苹果"。

"这是紫色的踢马刺花。"梅森介绍。

"踢马刺花？"

"不，它的名字叫'紫色的踢马刺花'。"

蓝色花园

二米大笑："紫色的踢马刺花。"她把"紫色"念得很重。

梅森一时没明白。

"你是愿意被叫作'淡淡的色盲'？还是把这蓝色的花园改叫'蓝紫色花园'？"

更逗的是，尼尔也照搬来个"粉色花园"：捻（非洲大羚羊）百合、黑斑羚百合、粉色的海芋、粉色的羽毛花、藕荷色的"洋娃娃的粉扑"花……他比梅森更色盲。院子里很快便姹紫嫣红，众色争艳，根本不再是粉的了。

梅森比尼尔更少地回伦敦。7年前他回去过一次，那里五光十色，声色犬马，他已经不能适应了。

他们是世交，梅森的叔父奥尔登和尼尔的父亲安格斯是好友。遥远神秘的非洲激起他们青春的梦想，他们结伴前行。独自漫游非洲的英国女孩莉迪亚，和他们相识。两个青年都爱上这美丽、野性的姑娘。莉迪亚爱上了奥尔登。

3年后，安格斯回到英国，娶了日常女孩，开始平静幸福的生活。奥尔登和莉迪亚则留在了非洲，选择津巴布韦作为定居地。莉迪亚有狂野的个性，居家理业却也是好手。他们齐心协力，拥有了3个农场。在津巴布韦，4500个白人农场主占据着全国75%的良田。为了心爱的农场，他们迟迟才要孩子。后来他们又有了一个农场，虽然离已有的3个农场较远，虽然也知半年后降生的孩子将用去不少精力。大雨季的一个晚上，新农场的管家冒雨前来，"农场出事了。"大雨刮断了电话线，莉迪亚无法通知此时在另一个农场的奥尔登，便自己驾车前往。夜深雨狂，车翻进了深沟里。莉迪亚瘫痪了，腹中的孩子没有了。那是1978年，津巴布韦独立的前两年。

他们不会再有自己的孩子了。奥尔登的哥哥把儿子，那么"向往叔叔非洲生活"的梅森送到他们身边。那是1979年，梅森16岁。

虽然梅森说那样的年纪，"完全可以一个人来非洲。"但事实上，他是被叔父的好友安格斯带来的。每个人的生活，都是自己挣来的。和奥尔登同龄的安格斯，儿子都14岁了。重新踏上分别了15年的非洲大地，安格斯感慨万千。他已经45岁，在安稳的生活里浑噩着，无所作为，但似乎还可以开始什么。

他起伏的心态被奥尔登捕捉到了，奥尔登准备把第四个农场送给他。

安格斯觉得这礼物太重，自己承受不了。

"莉迪亚出事后，我们没有能力再经营4个农场。津巴布韦独立后，与英国达成协议，由英国等西方国家提供资金援助，津巴布韦政府从白人农场主手中购回土地，分配给无地农民和退伍军人。政府已经动员我几次了，可我总觉得这农场就像自己的孩子。卖给别人是舍不得的，真不如就让给你。"

安格斯犹豫着接受了。他的妻子不很高兴；他的儿子尼尔，欢天喜地。

也是去那个农场的路上，车又翻了。虽然大家都没伤着性命，也没缺胳膊少腿出大事，但安格斯的妻子吓坏了，觉得"很不祥"。"莉迪亚那么强的人，都瘫痪了。我们这么弱，是会交待性命的。"妻子说什么都要回英国去。15 年过去了，安格斯青年时的勇气和力量早消失殆尽，他听从了妻子。

临走那天，尼尔不见了。惊慌的大人们倒是很快发现了他留下的字条：我决定留在这里。他们退票，等尼尔回来。一天没有，3 天也没有。安格斯决定把尼尔留下。既然他总觉得"如果我到非洲，拥有的生活会比你浪漫、壮丽得多"。尼尔的母亲虽不情愿，却也没有更好的办法了。

"我在这里的费用，比在伦敦省多了。我这是孝顺父母。"尼尔说，边读书，边在奥尔登的农场里做些事。这样，假期他就"有钱"和梅森一起"遍走非洲大地"。

尼尔大学毕业后进入一家国际机构，定居南非。梅森则留在叔父的农场里。

他们少年时就与同龄人不同，现在更不同了。"真的，我们无法再适应英国的生活。"这里的生活虽单调，对他们却是适宜的。津巴布韦没有太多的夜生活，只在尼尔过去时，他们去塔托司或阿其佩拉果夜总会，喝啤酒，聊天，听津巴布韦音乐，看《先驱报》。两家夜总会都很合他们口味，不像一般的酒吧那么吵闹。

他们也去哈拉雷的烟叶拍卖市场。梅森的一个农场，就是种烟草的。

每年，梅森都要去白水漂流。他们有 6 个人，都是英国人，每人手里有一把桨。船随着弯曲的水流翻涌而去，奔向维多利亚瀑布的下游峡谷。奥尔登、莉迪亚，都是敢于挑战生活的人。"你坐在那里，完全可以。""别怕，有我呢。"奥尔登鼓励，她就坐了上去。她已经残废了，不再有从前机敏的身体。船翻时，她被水冲走，他追赶心爱的人，他们都没有回来。"莉迪亚是不怕，因为奥尔登和她在一起。"梅森也从不畏惧生活，他接着漂流。那么多年，只翻过 3 回船，丢了两只鞋。

更多的时候，他就守在农场里。他最喜欢待在他那可爱的蓝色花园里。

约翰内斯堡寂寞的美

女人是水做的，水最能滋养女人，二米相信。所以没事就在水里游呀游，实在游不动了，还在里面泡着。我觉得大把时光泡在水里实属浪费，又不愿像尼尔那样躺在水里阅读，所以我基本是在花架下看书。实在看累了，便把二米从水里揪出来。

我们去萨恩顿城，去洛斯班柯路，也去东门。

虽然街上人流熙攘，但二米总是急不可待。一下汽车，几乎跑进购物中心；回来一上车，赶紧让司机"快点开"！而一到郊外，她就奇怪地放松起来。

绿树、别墅、漂亮路、清晰标线，跟发达国家一样。M多少号路，R多少号路，左侧行驶，跟英国一样。

"你有权不保持沉默。"我念着702频道的广告，问二米的黑人司机："你们以后会选白人做总统吗？"

司机没有回答。

第二天，趁二米不在，那司机说："我回答你昨天的问题。我们永远不会选白人做总统。"

购物还能勉强使二米进城，要是闲逛，她绝对不去。"我只在白人区活动。现在的约翰内斯堡，白人住郊外，黑人住城里。"

"把自己当白人？你至多也就是'香蕉人'。"我讽刺她。

她捶我一拳，然后正经地说："你没嫁白人，又不在南非生活，你无法理解。"

两年前，就在繁华的街口，尼尔的英国秘书被黑人枪杀了，二米正巧在场。如此经历，难免不让她心惊至今。"微软、壳牌，好多外企都搬离了城里。"二米说，"我还好，真正的白人都不敢进城。即使迫不得已，也是开车匆匆而过，绝不下来。"

"我遍走非洲，所遇黑人都对我亲善有加，除了西非那次。可人家是劫饭店，不是我。"

"既然你胆大，又不长记性，那你出去吧。司机随你用。"

这主意倒不错。

来约翰内斯堡两次了，每次还住那么长时间，却是第一次细看这市中心。

和时间有关吧。我看到的不是画片上灯火璀璨堪比美国的城市，也非晴空下

蝶豆

壮丽的现代城。议会大楼、宪法山、广场……建筑还不错，可是很旧，繁华之后陈旧，破败之气漫溢，就像电影中人类末日的样子。中国城也旧得不行，低凹不平的地，老旧的砖墙，白色或黑色的网格铁门，中华大市场、广东烧腊、羊城面馆……警察局。

　　街上基本见不到白人。

　　"中国人在这里其实没事。黑人恨的是英国人。"黑人司机说。二米不在，他也不再拘谨，随便多了。

　　"你恨英国人吗？恨尼尔吗？"我问。

　　司机笑了："我说的是黑人的普遍情绪。尼尔给我钱，我是要为他效力的。"

　　司机叫约翰，生在南非，长在南非。

　　我让他给我讲讲种族隔离时期的南非，他却不肯说了。

　　事后我跟二米探讨。用这么精怪又恨英国人的黑人能行吗？二米叹了口气："不用他用谁呀？雇个白人得多少钱？我们也不和中国人来往。而且有他做桥梁，万一和黑人起什么冲突，也好靠他去解决。"

我想起诺贝尔奖新得主的《耻》。白人寻求黑人保护，也并不新鲜啊。

我和约翰去卡尔敦中心，那里有"非洲的最高点"。

按了"非洲之巅"（Top of Africa）的按钮，约翰问我："你猜多长时间能上去？"

我想了想上海的金茂大厦："两分钟。"

约翰向我伸出 4 根手指头，我以为是 4 分钟。

约翰一直把手表伸在我眼前。

"这么快就到了？"

"是的，40 秒。"约翰说，满脸骄傲。

我想起在艾菲尔铁塔上看巴黎的情景。在这同样的落日下，看黄昏退去，看华灯慢慢点亮。为什么在我心里，约翰内斯堡的美是那么寂寞呢？我绕着这环形大厅，俯看这寂寞城市的东南西北。

祖母的玉石戒指

他按门铃的那天，二米有事和尼尔一同出去了。

"有什么事吗？"我问这陌生的黑人。

可视电话那端的他说："修下水道的。"

那就修吧。我按了开关，雕花的大铁门像蝴蝶那样慢慢展开双翅。

虽在国外待了好几年，但我还是学不会他们的为人处世，习惯用中国的方式待人。我给他泡上灰爵士茶。

"我从未在白人家里喝过一口茶，"他深有感触地说，"哪怕一口水。"

他在厨房里捣鼓了一会儿，又去楼上的两个洗手间折腾半天。"您有事就去忙吧。"他说。

不管住哪里的公寓，打扫卫生的一来，我便让开。我在场，总怕人家觉得我是在监视。虽然因此丢过东西，但下次，下个地方，我还会如此。我不愿让最"卑微"的人因我受到伤害。因为于我而言，所有的人都一样。现在，听他这么说，我觉得留下真不好。遂让他忙着，自己走开。

突然想到那泡给他的茶还留在一楼，便下去取。返回时发现他不在了。而在客房，我的房间里，传出了窸窸窣窣声。那个房间不带洗手间，而他是修下水道的！

我明白了。不知有几秒钟，我的脑袋里一片空白。然后，在铺着长条地毯的走廊的墙上，我看到照片里的梅森。这个不曾谋面的男子，有那么好看的笑容。那笑容里有亲善，更有自信和勇敢。我悄悄潜进二米夫妻的卧房，从墙上取下那柄都铎时期的长剑。

"知道我为何不叫警察吗？"望着很是惊愕的他，我笑着说，"因为由我来解决你，会比警察更快。"我说着，舞了几下剑。

说真的，来非洲前，我从未碰过这玩意儿。我也不知道中国功夫在非洲兄弟中这么出名。一个黑哥们儿，偏要我给他找能学功夫的中国师傅。我广为传播这个信息，最后还真找到了曾是武术教练的汤奇。也不能白认识武术教练呀，我这才跟汤奇照猫画虎地学了那么几招。得知我学功夫，朋友们真是大牙小牙笑倒了一片。"这年头还学这个？你招式还没摆好呢，人家子弹早到了。""啊？会功夫？还以为你是淑女呢。"知道此事，一个做警察的非洲哥们儿更是对我说"不论黑人白人黄种人，小姐你想收拾谁，只需招呼一声"。一句话，说得我都糊涂了。而一中国通，知道此事，非常深沉，哲人般地告诉我要"息事宁人"。见我一时没有反应过来，他竟然用"哥哥"的歌来劝慰我："遇上冷风雨，休太认真。"说得我还以为自己将大祸临头呢。这个我见过的性格最为复杂的黑哥们儿，一周后还送了我一首"诗"：近水楼台你不学，偏来非洲习功夫，我看你是要脚走非洲黑土地，拳打非洲黑兄弟。我说："听你这诗，我成女恶霸了。"在政府做官的这位，很为自己的这首"中文原创诗"得意，准备见中国大使时朗诵一番。"别让你一句话，断送了中非友谊。"我说，"今天本想请你吃饭的。现在，你回家歇着吧。"悔得他连嚷"万般灾祸由嘴出。"

出乎我意料，他既没有掏枪，也没有招架，他只是摆手，不停地说："小姐，别，别……"

"我不是劫匪，"他接着说，"你不知道，我胆子，胆子，非常非常小。我到这里没别的意思，我是找我遗落的东西。上次来时，我把戒指丢在这里了。我现在来看看，它在不在太太的首饰盒里。没找到，我便来到这屋……"

去首饰盒里找戒指？！我还真没听过比这更坦诚的交代。

见我疑惑的表情，他慌忙解释说："那是玉石戒指，并不值钱。但对于我，却特别珍贵。那是我祖母的戒指，但我祖母已经不在了。"他开始语无伦次，"我们家除了我和妹妹，都不在了。我们从尼日利亚来……这戒指，这戒指……"

黑种草

我从来都愿意化干戈为玉帛，他既然这么说，我何不给他台阶下呢？何况真的动起武来，我一定不敌他。然而，就在我正准备将他放出去时，门铃响了。二米夫妻已在门外了。

他也从可视门铃里看到了他们。

我刚放下电话，他便突然跪到我面前说："你帮我！"

我稍微犹豫了一下，说："起来吧，就说你是我的朋友好了。"虽然把这么个黑"朋友"带到家里，二米会很不悦，但总比看着尼尔和他打起来好。

但他却不起来，他说："他们夫妻认识我，他们会把我送给警察的！"

我看着窗外高墙上的铁丝网："我怎么帮你呀？借你把剪刀？"

"能从墙上跳过去，我也不求你了。"他说，"让我藏在你的房间里吧。你在这里住了几个月，总有自己的房间吧。"

只能这样了。

二米和尼尔的身后，跟着个陌生的黑人。"修下水道的。"二米说。那黑人跟我问过好，径直进厨房了。修下水道的？那么，现在藏在我屋里的是谁呀？其实他已道明了自己的身份："他们会把我送给警察的！"我差点趔趄了。

"你不能把善良用在所有人身上。"朋友们经常这么劝我。因为不能被大家理解的善良，确实使我看起来有些奇怪，让人心生猜疑，为自己带来不便。我知道这点，但我又偏是那种吃二三堑也不长一智的人。如果被发现自己的房里，藏个黑小伙，怎么解释呀？我找个机会把二米和尼尔都留在厨房，心慌着准备让那黑人赶紧走。床下、衣柜里、窗帘后，该找的地方都找了，那人却踪影皆无。半小时以来，我是时刻眼观六路耳听八方的呀，怎么会没有注意到他的离去？难道是个黑天使吗？我更多的却是担心。担心不知何时他会出来，拿着枪或者鬼知道是什么的东西对着我们。万一发生了什么，由于我的仁慈使无辜的人受了伤害，我此生都无法原谅自己。

我过了有生以来最不踏实的一晚。

"你跟黑人接触得太多，便会同情他们。其实不必。他们有自己的生活方式。他们开心着呢。"我也知道，有时对别人太好，就是对自己残忍。可是，事到临头，我还是会把任何人都往善良里想。不伤害他们的一丝一毫。

第二天，一整天那人都没有出现，我才彻底相信他已经走了。我高兴得大唱，被二米大骂神经。

梅森的蓝色礼物

圣诞来了，我们在游廊摆上结着小红果子的树。树不很高，在两个巨大的花盆里。白门挂上圣诞花环。高大的圣诞树，被彩球、铃铛、小挂件等装饰起来，喜庆地站在客厅靠窗的地方。深米色钢琴的上方，也被我们摆上小圣诞树。

这是我第一次在南半球过圣诞。夏天的圣诞，很新奇。

二米和我一样生性随便，马虎。这个圣诞想表现一番，不再缺这缺那，遂把圣诞所需物品一一写在纸上，准备照单购物。结果呢，三张购物单，却落在家里一张，还是最重要的一张。所以，还得再去趟超市。我呢，把香辣洋葱咖哩羊肉的配料给弄错了。准备趁他们出门时，重新调调，就假借累了，不再和他们重返超市。我刚把肉桂、茴香、大蒜、丁香、咖哩粉等找出来，门铃便响了。一定又落下什么了。我拿起电话，看到的却不是二米夫妻，是个陌生男人。我一独自在家，这贼人就来？！一遭被蛇咬，十年怕草绳。我上次虽说没有被咬着，也算是碰到"蛇"了，也够怕三四个月的了。"主人不在。请稍后再来。"我学电脑的声音说出这句后，正准备挂断时，陌生男人笑了，说："你是玛博露卡吧？"

那是我的名字直译过去的阿拉伯名。

二米家的房子难道是透明的？别人不仅对他们家了如指掌，连客人的情况也摸得一清二楚？

有了前次经验，我提高了警惕："你怎么知道我的名字？"

他笑了："你孤女遍走非洲，逢凶化吉，遇难呈祥，你的事迹那是四海名扬。"

这什么人呀，都知道了我的行踪？

"别跟我贫嘴。主人不在，我不能给你开门。"

他又笑了："你是小红帽，我是大灰狼？"

那么好看的笑容，是梅森？！但我毕竟未曾亲眼见过他。这世界，有人彼此相像，尤其是我们眼里的外国人。我不能问他是不是梅森，他不是也会说是。我假装无意地叫"梅森"。

他说："干吗？"

我有些兴奋："我几乎是一到南非，就知道你。遗憾的是我没能在津巴布韦的农场里见到你。"

"是啊，是啊，你一定会喜欢我的蓝色花园。二米说你最爱蓝色。'行走的人，随便穿什么呗。却一定要穿蓝色的。'你说下本书准备叫《我在这蓝色星球的朝暮》，我看该叫《蓝精灵在这蓝星球》。"

我笑了："爱蓝色不假，可这精灵劲儿我是一点没有。特老实，差点接近傻。"

"我都这么说了，你还不相信我是梅森，还不给我开门，还这么拖时间，我看你一点都不傻。"

"我挺相信你是梅森。只是，没照片上那么帅。"

"你也不想想你在哪里看我？要不咱们换个位置看看？"他叹了一口气，"也是，时光催人老呀……"

我悄悄地放下电话。在他以为不管怎么说，我都不会开门时，我跑出去，亲自迎他。他万一不是真梅森，我则要全力将他拦在门口。我以我血溅这里。纵使二米有什么金钱上的损失，我也算尽力了。

我安排二米、尼尔在餐厅坐好后，击掌 3 下，对厨房喊："好了，上菜吧。"

"还以为你真能给我们来个圣诞世界餐呢。原来是请人做的。"尼尔恍然大悟。

"那说明她诚实。不然，她会趁我们不在时，把厨师先打发走。"二米维护我。也颇惊奇地看我，"这厨师什么时候来的？"

说着，那穿厨娘装戴浴帽的厨师，已扭脸走向餐桌。

"不能正脸看你们，怕影响你们食欲。"我一本正经地解释，"脸长得不好，但厨艺一流。"

真是太熟悉了，不管梅森穿什么衣服，把头扭到脖子后，尼尔和二米还是会认出他的。

二米"嗷"地一声叫，扑跳到梅森背上，吓得梅森差点扔出手里的盘子。

尼尔则绅士多了。他笑着，和梅森拥抱，拍着彼此的肩膀。

"平时门铃一响，看到门外的你，就够惊奇的啦。这下就在屋里，端着盘子就上来了。好玩，好玩！"二米大叫。

"要是一声不响就坐在这里，倒更会让我吃惊。"尼尔说。

"我得赶紧坐下。"梅森指着我，"这家伙，知道我是梅森，还一直不给我开门。好不容易放我进屋了，还让我装女厨师。"他摘下浴帽，脱下厨娘装，"我这两条腿抖的，真想踹她一脚。"

"还是个闯非洲的硬汉呢，就这么点体力？"我装不屑。

不愿破坏梅森在我心中的美好印象，二米赶紧解释："他这是受了迫害的缘故，他原本不这样。"

"来，来吃菜，吃菜。"尼尔对梅森说，"这丫头菜烧得不错。如果没有你做的，那这餐就全部是她的手艺了。"

杖鱼、炉烤番瓜、铁锅炖菜（Potjiekos），都是梅森喜欢的。

"这个你也会？"梅森吃着炖菜，问我。

"这在我们家乡，是最简单的乱炖。"我和二米笑。

不知何时，圣诞树上挂上了梅森给我们的礼物。

"不曾谋面的朋友送的礼物，我还是第一次接到。"拿着小盒子，我感慨。

"是当了作家之后文绉绉了，还是去趟西西里变啰唆了？"二米说，"差点把我绕进去。什么不曾谋面的朋友送的礼物？那不就是见面礼吗？"

倒真是。

如此合心意的见面礼，此生还不曾收到过。精美的蓝色小木盒里，装着干去的蓝花瓣。

"这是妮娜送给我的礼物。"梅森说。

"那我不能收。"我把盒子推过去。

"经过那么多年，它已经成为我的了。"梅森拿起小盒子抚摸了几下，"这小盒子，是我亲手做的。"

妮娜是梅森农场里的黑人女孩。16岁时开始爱上梅森。她知道梅森爱那个蓝花园，便对待花园像孩子一般。她爱花园里的每朵花，对那落下的花瓣，都爱惜有加。她把它们收集起来，埋到土里。

"看来世界到处有林黛玉呀。"我感慨。

"什么？是二米教妮娜的。"尼尔笑，"我原来也一直不知道。我就奇怪，一个非洲女孩，怎么会那么伤感悲愁？"

梅森没有接受妮娜，并非因为她是非洲女孩，只因他的心里有了别人。虽然那女子因病去世了，但她仍旧住在梅森心里。不管世界如何改变，还是有那样的人：一旦爱了，就是永爱，任何事情，哪怕生命的消逝，都不会改变。那位也是非洲女孩。她的照片，在她死后十多年，还挂在梅森的卧室里。

聪明美丽的妮娜，在等待这份爱5年后，绝望了，嫁给一个葡萄牙人。离开农场时，她把用小布袋装的蓝花瓣交给梅森："那些生长的，并不一定能永远；那些死去的，却获得了永生。"那是非洲知性的女孩。

"这样的礼物，你还是自己保存比较好。"我又把盒子轻轻地推过去。

梅森笑了一下，把盒子推给我，没再解释什么。我回想走廊照片上梅森的笑容。男人的笑容，也会老去的啊。

新年前后，梅森和尼尔、二米常常会去瑞士滑雪。今年，因为梅森，尼尔没提这事。只在我和二米的吵闹下，我们才乘怀旧蒸汽火车去了库里南。

梅森的个性是我喜欢的。那是从不把自己的愁苦带给别人，独立的行为方式。他从不提自己的变故，直到那天大家都喝多了。

那年5月，津巴布韦政府颁布土地征收令时，梅森和多数白人农场主一样，并未完全当真。

"真的，真的，谁也没料到这场土改来得这么快，这么彻底。"

"凡超过一个农场者必须在 3 个月内交出多余的土地。前 45 天结束耕作，后 45 天撤离农场。否则将受到法律制裁。"政府是这么说的，可这一法令违背了宪法。"我们早已是津巴布韦公民，私有财产应受到保护。"而且政府说的是"超过一个农场者"，事实却是仅有一个农场的，也收到了征收令。一些农场主离开农场后既无栖身之地，又断绝了收入来源。所以他们准备坚守下来，寻求法律保护，渴望政府转变立场。

然而到 8 月 15 日，津巴布韦法院开始传令逮捕违抗命令的白人农场主；16 日，逮捕行动开始了。

"我爱这国家，我是这国家的公民。我做梦都不曾想到，有朝一日我会成为阶下囚。"

这狂风暴雨式的土改，其实几年前就有了预兆。1999 年，英国等西方出资国以津巴布韦土改缺乏透明度、官员腐败为由开始停止资金援助，致使缓风细雨式的津巴布韦土改走入死胡同。"4500 个白人农场主占据着全国 75% 的沃土良田。我们 700 万黑人却仅仅占 25%！"津巴布韦退伍老兵和无地农民反抗情绪高涨。绝望的他们于 2000 年初开始抢占白人农场。但因为仁义宽厚，梅森的农场从不曾被周围的黑人所动。

但是，他躲不过这次了。根据有关法令规定，他将受到两年监禁并处以罚款。所罚的款，正好和他剩下的那个农场相当。

"我都不去想办法了。随便他们怎么处理都行。反正，我什么都没有了。我不会去那些欢迎我们前去的邻国再接着创业。我已经过了那个年纪。"

然而，他被保释了。是妮娜那个葡萄牙丈夫出的面。

梅森最后去看他的农场，去看他心爱的蓝色花园。

"雨季在望了。风一再地熄灭我手中的火柴，好像不让我吸这袋烟似的。

"真如天意一般，狂风大作，将那蓝色的花朵撕扯；暴雨倾盆，将那蓝色的花朵夹裹进浑噩的浊水中。

"那是失去了所有的轻松，决然。那是最后的结已经了然于心，再不会改变的痛楚和高亢。再不用等待，再没有希望。一切都消融进怅然又畅然的混沌……"

"我也想过你。一个二米整天挂在嘴边的女子，对我来说陌生却熟悉的女子。"

梅森望了我一眼说，"那么爱花，爱蓝色，来到我的蓝色花园，会是怎样的欢喜？我会教她认识每一种蓝色的花。也可能我会帮她建个蓝色花园。和我们最投意趣的人，可能是个陌生人。我们在茫茫人世不曾谋面，连擦肩的机会都没有。我们生活在自己安静而寂寥的角落。虽然她在走，满非洲走，但是，我们是不认识的，陌生的……"

"我的蓝色花园，湮灭了。收拾东西时，突然发现妮娜送给我的那个小布袋。那是唯一剩下的纪念了。怕这花瓣被行将开始的奔波压挤，我做了个小木盒。有机会我亲手送给她。没有机会，让二米转交她。她那么喜欢蓝色，我便把小盒漆成蓝色。一些朋友来农场看望我时，见我不收拾细软，却专心做这个小盒，以为我疯了。我也没有细软，除了这 3 个农场，我什么都没有……"

红灯区里的难兄难妹

"我对南非，一直是矛盾的心情。我喜欢这里的自然景观、欧美水平的公共设施，却不喜欢这里人与人之间的关系。种族隔离时，黑人被踩在脚下；现在呢，'新种族歧视'，歧视白人。"梅森说。我们去撒恩顿城的旅游用品专卖店，我们 4 人准备去布莱德峡谷。二米、尼尔做其他准备，我和梅森去买新睡袋。

因为一无所有吧，梅森不像其他白人那样，上街跟做贼一般。

梅森是能看透别人内心的人。他瞟了我一眼，笑了："不是因为什么都没有了，我才不怕黑人。我相信命中注定，就像奥尔登、莉迪亚把生命交给白水一样。我的生命结束在哪里，也有定数，所以我不怕。"

我更不怕。我遍走非洲，所到之处，尽受欢迎，理所当然地认为中非友谊源远流长，黑人皆我兄弟姐妹。直到被人用枪顶上，我才知二米的谨慎确有道理。也直到此时，方才相信南非为什么会游人少得断了航。

舍生可以取义时，咱当然取义。没义可取时，咱完全可以舍钱留命。我掏出手机和钱："都给你们。"

"你的！" 3 个黑人中的一个，用枪把怼了怼梅森的脑袋，骂道，"白鬼。"

梅森没掏腰包。虽然对抗会有血腥，但那仍旧是男人，尤其是梅森这样的男人是不惧的。然而，他们人多，手里又有枪。我和梅森再次被枪顶上了。街上人流熙攘，各走各的，好像什么都没发生。

我不是那么在意生命，可我喜欢安静优雅的死亡，厌恶这样暴毙街头。我终于要为自己的勇敢无畏付出代价了。黑人能这么结果我们，他们都能在五星级酒店的大堂开枪！只因和白人在一起，我才有这样的命运。他虽送我心爱的礼物，却不是我想与之共生死的人。一个人的思维，怎么会这般丰富，甚至在紧逼的死亡面前？！

然而梅森和我，同属命运的宠儿。突然，有人在路边喊了句土语，然后，3个人，3个持枪的劫匪，瞬间都跑开了。

我惊异地四望，以为警察来了，但我没有看到警察。我看到一棵高大的紫薇树下，一张似曾相识的脸。他看了眼我，什么都没说，转身消失于人群中。

"是他喊'警察来了'，才把那些人吓走的吧？"我说，惊魂方定。

梅森看了看我："你认识刚才站在紫薇树下的那个人？"

我刚说不认识，却立刻想起了他是谁。那天，伪装成下水道工，进二米家找戒指的黑人。我没再解释。

"他说你是他的朋友，那3人才放了我们。"梅森说，"他说的是尼日利亚的豪萨语。"

那么，的确是他了。

我可以说认识他，也可以说不认识，以后再不会交往了。他消失于茫茫人海。

一周后，找我的电话奇怪地打来。

二米在，尼尔在，我不记得自己在约翰内斯堡还有别的朋友，吃惊地接起电话。

"我是简达。"电话那边的人说，"一直在寻找我祖母戒指的人。"

我假装平静地问有什么事吗？

"我妹妹病了。疟疾。"他说。

"那去医院啊。"

"我没有钱。"他说。怕我理解错了，他赶紧解释，"我没别的意思。只想找你要点药。我知道你们白人都会准备这种药。救救我妹妹吧。我就这么一个妹妹了。"

"那我怎么给你呀？"

"他们都在，我不方便去。"他恳求，"你给我送来好吗？"

我真怀疑他在二米家装了窃听装置。可人都在，我也不便发作。又想，他那天既然救了我和梅森，我救救他妹妹也算知恩图报了。我非豪门之女，他也不至于想绑架我。和二米说朋友病了，我便在他们3人微微惊异的表情下，出去了。

"别在黑人面前装菩萨。一旦你和他们有了瓜葛，就断不了了。他们孩子的孩子，朋友的朋友有事，都会找你。""千万别给黑人药。他们吃死了，就会赖你。"不止两三个人这么告诫我。可是，我总不能硬下心肠，见死不救啊。

简达的妹妹西西里娅已经在地上抖瑟成一团了。他们住在艾尔卡姆红灯区一间简陋的屋里。跟我见过的众多黑人家一样，他们几乎一无所有。西西里娅就睡在铺着大纸盒的地上。

注射药后，西西里娅开始睡了。简达又一次给我跪下。

"你别这样，我受不了。"我让他起来。

他用大手擦了擦脸上的泪水，不好意思地笑了。

"你说我们黑人，是不是很可怜？"他问。

"很多时候是吧。可也不好说。"我沉吟了一下，"我有一个中国朋友，在尼日利亚做假发生意。他把假发批发给当地黑人，由他们再卖给零售商。他为人宽厚，对黑人情同手足，名声越来越大，找他做生意的人越来越多。他们之中，有富有的黑人，也有基本没钱的。因为同情他们的际遇，也相信他们有能力把货批发出去，他们赊货，我朋友也并不计较。随着交往的增加，我朋友给他们赊越来越多的货。别人提醒他，他说'没事，他们都是我的朋友'。终于到了这天，他'朋友'卖货所得的钱，再不给他了，而找的借口，竟也可笑无比。其中有一个，'家里涨水，头发湿了，不能卖了。'不能卖了，那退回来吧。那人却不肯。我朋友想去看看，说'头发湿了，总还在吧'。那人却又改口说'家里着火了，头发都烧光了。'你说行为不义，言语上端和一些也能让人接受。这么胡搅蛮缠，不是气死人吗？更可恨的是，我朋友还没怎么着，这人却玩起爆炸来了。我们那天有急事，刚到批发市场，马上就离开了，才没赶上爆炸。其实也算是赶上了，我们刚从那家叫'筷子'的中餐馆出来。"

"尼日利亚的黑人，原来也特朴实，都是跟你们某些中国人学的。"简达辩解。见我撂下脸，他赶紧说，"只是有这么个说法，不一定正确。"

"我尤其受不了你们惩罚小偷的方式。"我气愤非常，"我基本走遍了非洲。在

欧洲银莲花

我眼里，你们尼日利亚人，最野蛮。"

这回，他没有反驳。稍微停歇了一会儿，他说："我哥哥就是被套在轮胎上烧死的。他就是个小偷。"

"我哥哥，就是因为那枚戒指，被烧死的。"他接着说，"一个白人，偏说我哥哥手上的戒指是她的。一个有身份的白女人，大家当然相信她。他们把我哥哥套上了轮胎。然而，就在我哥哥几乎化为灰烬时，有人在不远处的地上，发现了另一枚几乎一样的戒指。那白女人把手上的戒指还给了我，把自己的拿了回去。她补偿给我们500美元。

这世界，很多东西，都有自己的不精确性、不完全性。我哥哥，确实偷了那女人的东西。只不过已转移，只不过不是那枚戒指。"简达给妹妹掖了掖身上的破毡子说，"所以，你该知道，那戒指对我的重要性。"

"什么样的戒指？"我问。

"你知道布琼布拉宝石吗？"

我点头："绿色，带条纹的那种。"

"对。"他说,"上面有两个相叠的菱形图案。"

简达送我出来。对面的白墙上,画着红十字。见我望向那里的目光,他说:"是的,那就是医院,可是,我没有钱。在尼日利亚时我没有。到了南非,我还是没有。

"我们对南非,怀有极特别的感情。我们向往这里欧美式的生活,也恐惧这里的种族隔离。终于,种族隔离取消了!曼德拉上台了!南非成为我们黑人的淘金地。和成千上万的黑人一样,我和妹妹偷渡到这里。南非的黑人恨白人,也恨我们这些外来的黑人。因为我们抢他们的饭碗。来的人太多了,没有工作给我们。没有钱,我们只能偷。胆大的,就去抢。政府采取措施,给我们划了一块地。可那是什么样的地方啊?几乎快倒了的铁皮屋,鸽子一般多的人,跟难民营不相上下。我和妹妹逃出来。我们想回尼日利亚去,可没有钱。南非是天堂,你看那白人的漂亮别墅。可是,南非也是地狱。你离开大城市看看。而且你瞧白人走在街上急慌慌的样子。在天堂里,人们会是这样的表情吗?"

"你怎么知道那天人家有管道工要来呢?"我突然想起这个。

他稍微愣一下神,笑了:"我在街上,听那个英国人打手机说的。总得掌握情况,才敢行动嘛。不过,情况还不够准确,不知道你在。"他犹豫了一下,"其实,我也是小偷。我之所以把祖母的戒指掉在他家,是因为我去他家偷过东西。而且……"

"而且什么?"

他却不肯再说了。

破旧的墙上,是奥妙洗衣粉的广告。后面的白楼,是柏宁酒店(Park Lane Hotel)。黄昏的光下,一张小偷的脸,一张诚实的黑人的脸。

分手后,我去附近的超市(Shoprite)为西西里娅买了些东西。

简达开门见我愣了半天,而后惊喜地说:"你真是我见过的最好的人。"

我笑笑,离开了。

简达死命让我去他家一次,也是因为西西里娅。不过这次不是她病了,是她要感谢我。她做了串烤索沙提(Sosaties),地道的南非美食。我看着她把羊肉切成四方块,将杏肉塞入其中,再把肉插于木棍上,放在火上慢慢烤。她在院子里生火时,周围便围了好些黑人。那些衣衫破烂的孩子,馋得口水流到了胸襟上。我把木棍上的肉拿下，一块块分给了孩子。我不仅烫了手，也惹了西西里娅不悦。"她攒了这么长时间钱，才能做一次串烤索沙提给你。"简达在一边解释。我赶紧大喝佐餐的玉米粥，"我更爱喝这个。"院子里都是贫穷的黑人，他们友好地看着我笑，善良温厚。他们的淳朴，很像中国的少数民族。

我带给兄妹两人的礼物，让他们惊喜。那是他们祖母的玉石戒指。

"你怎么找到的？"

"我找当然方便了。"其实，我是跟二米的司机约翰换来的。我假装无意地提起那戒指时，二米说她确实见过。"一钱不值的东西，我给约翰了。"我想用一串买于东非大裂谷旁的牛角项链，换如今在约翰女人手上的戒指，可那项链，怎么也找不到了。我遂改用一瓶买于格兰斯的香水，谁知约翰看上了我的米兰皮夹。

兄妹俩这个高兴。我盯着简达的膝盖："腿软的男人，我可不喜欢。"

他有些害羞地笑了。

西西里娅过来，拿起我的手使劲亲。

蓝花琉璃繁缕

院子里的黑人，欢快地载歌载舞。歌舞是他们快乐的源泉，不论什么情况，他们都能欢歌劲舞，这是令人佩服的。

我喜欢和贫穷的黑人交往，却不愿被恐惧黑人的二米等人看到。所以那个早上，见西西里娅来找我，我的脸上并不高兴。

她怎么也来找我了？更奇怪的是，我买于东非大裂谷旁的牛角项链在她手上。

"这是第一次见面，我哥哥偷你的。"西西里娅说，"他一直想还给你，可一直没有勇气。"

我笑了："你哥哥呢？"

西西里娅的眼泪滚涌出来："他死了。昨天，在街头，他被警察击毙了……一个白人，老女人，摔倒了，我哥哥过去扶她。她回身一见是个黑人，立刻惊恐地喊起来，说我哥哥抢她钱。警察正好经过……他不跑本来也没有大事，可他想起我大哥。他以为束手就擒便死路一条……警察喊'再跑就开枪了'，可他还是跑……"

"我们和白人的世界，是截然分开的。即使我们帮他们，他们也不会信任我们。"西西里娅哽咽着，"我总告诉哥哥，可他总不相信。他善良，胆子又小，他从不会去抢别人的东西。虽然我知道，他有时也会偷……"

每天，会有无数的黑人从这世界消失，死于饥荒、战争，死于正常死亡外的种种。你走过非洲，再听这消息感觉便和从前不同。如果是你认识的一个人，那更不同。

虽然这事和尼尔、梅森丝毫没有关联。但看到他们的白脸，想着他们的那个老女同胞，我的心就添堵。我知道我不很对。现在在南非，是白人更受歧视。民间暗涌的"新种族歧视"浪潮，政府其实是支持的。这也是为什么津巴布韦的总统选举刚出结果，便遭到意欲维护白人农场主利益的欧美国家的指责。而与此同时，南非总统姆贝基却表示：无论谁上台执政，南非都将帮津巴布韦渡过难关。有了这保证，津巴布韦何惧欧美的联合制裁？"富裕的南非，什么没有？"

记忆中，梅森向我们微笑

我心里更堵的这天，终于来了。

下午4点，我回家时，发现别墅被警察包围了。尼尔和二米沓然。梅森微笑着，倒在血泊里。

　　警察离开后，尼尔看着我恨然地说："家里进来贼了。梅森和他们拼命，才被打死的。"

　　"是这样。"我说。

　　"贼对我们家非常熟悉。知道刚才家里没有人。"尼尔说，"要不是梅森回来取东西，也不会和他们遭遇。"

　　"梅森其实不必和他们搏斗。"二米说。

　　"梅森是爱非洲的。但因为他的家园那么恶劣地被剥夺了，所以他对黑人产生了恨。看到这些入门的盗贼，他便恼愤不已，再也按捺不住自己了。"我说。

　　"真是完美的理由。"尼尔道。

　　语气怎么那么奇怪？我不禁问："你什么意思？"

　　"什么意思？"尼尔嘴角浮上嘲讽，"这贼不仅熟悉我们的生活规律，而且，根本就不是撬门进来的。"

　　"没撬门？"我说，"那有万能钥匙吧。我估计贼都有这个。"

　　"你很熟悉他们呀。"尼尔哼笑一声。

　　什么意思？我想，转望二米。她避开我的目光。

　　"梅森临死时说了，是3个黑人干的。"尼尔强调"黑人"。

　　"有什么话请直接说。"我不满。

　　"直接说？"尼尔的语气开始激昂起来，"我们，住在这里的四个人，只有你，和黑人有交往。"

　　"你的意思是我和黑人勾结干的？还用那么费劲吗？我想要这里的什么，直接卷走好了，都不用和别人分！"我哼笑着，"刚才警察在时你说呀。要么，咱们现在去警局？！"

　　二米过来拉我："你知道梅森和他的关系。他是心里难受。"

　　"难受也不能拿我出气！"我说，"梅森死了，我同样难过。虽然他与我交往不长，但我相信他也是我的朋友。他送我心爱的礼物，出去时照顾我，而且，我和他曾同历生死。"

　　"就是这点最让我怀疑。"尼尔说，"梅森和我说过这事。你们一起被人用枪顶上，然后一个黑人说你是他的朋友，那些人就把你们放了。这么大的事，按说你会告诉我们的，可你什么也没有说。这不让人怀疑你和他们有勾结吗？"

几句话，把我噎在那里。我是没说。我既然没在开始那天交代简达来找戒指的事，又怎么解释如何认识这个朋友的呢？刚到约翰内斯堡，我就告诉二米了，"在南非，除了你，我谁也不认识。"而在我和简达兄妹开始交往，已被尼尔怀疑"她不是没有朋友吗"时，我还是没对他们说什么。"她不是你闺中密友吗？"那不假。可密友也不是一无所秘。而且，我不说是因为不想伤害二米。而到了今天，我才知道，因为不愿伤害二米、简达兄妹双方，我才使自己的处境如此尴尬。

我当即决定搬走。

"南非治安这么差，我能放心你一个人走吗？"二米过来劝我，"而且，你也不用这么赌气。我知道你有时做事会很荒唐。我了解你的为人，因而能理解你奇特的个性。但是尼尔不理解。他和梅森，就如我和你。他失去这个朋友，会比自己死了更难受。希望你体谅。"

"我看你也心痛得糊涂了。"我说，"当然会比自己死了更难受。死了，没有知觉了，还难什么受呀？"

虽然尼尔再没有好看的脸色，但我还是没走。一走，便一辈子不清不楚了。我一走了之，倒没有大碍。但尼尔会因此总跟二米抱怨，"因为你的朋友，梅森死了。"

我终于把简达的故事讲给二米。

"我就认识这么一个黑人。"我说，"不是，不是一个。我还认识他妹妹。可是，不会是他。因为，他已经死了。"

为了让二米相信，我强拉她去艾尔卡姆。然而，西西里娅已经搬走了。"她哥哥一死，她连这样的地方也住不起了。"我好像辩解什么似地说。而更令我急的是，我一再强调自己只认识两个黑人，可这满院子的黑人都和我打招呼，却闭口不提简达的死，也不提西西里娅的搬家。当然，他们也没多说什么。他们只说"你好""怎么样"。

"我在其他国家，不认识的黑人，也常和我打招呼。"我赶紧解释。

那是事实，此刻却无法洗清我。

我病倒了。

梅森的去世、尼尔的不悦、我的不明不白，健壮的二米也歪斜了身子，丢失了力气。她打电话给司机约翰，想让他送我去医院，却如何也找不到他了。她以为尼尔不高兴再把司机给我用，便打电话质问尼尔。尼尔告诉她，他同样找不到约翰了。

我只知道二米一路按着喇叭把我送到医院。其他的，都不记得了。

我醒来时，看到明媚的阳光。众人都向我微笑。

阳光、微笑、鲜花，这是天堂吗？梅森在这里吗？我恍惚地四望。

我看到了二米。

"……这是我见过的最好的女人，最同情我们黑人的女人。看到你们这么冤枉她，我才终于能勇敢地站出来。是我，你们的司机约翰，勾结外面的人做的恶。他们并不想杀梅森。但他的反应太过激愤……也别妄图找我了。信到你们手上时，我早已经离开南非了……"二米念完，把信递给我，俯身在我耳边说了半天。

"你们要骂我就大声点。"尼尔说。

我看着他，撇了一下嘴。

二米根本没骂他。二米说："我怀疑这信也是你写的。我记得你说过，'梅森是爱非洲的。但因为他的家园那么恶劣地被剥夺了，所以他对黑人产生了恨。看到这些入门的盗贼，便恼愤不已，再也按捺不住自己了。'这和约翰说的'他的反应太过激愤'竟然那么吻合。"

见我不悦，二米赶紧改口："玩笑玩笑。这只能说明，你很懂得梅森。有你这么个红颜知己，梅森死而无憾了。又死在了他如故乡般热爱的南非。真的，梅森没有遗憾了。我看见梅森在笑。"

我也看到了。在我们的记忆中，梅森从来都是微笑的。不管在怎样的困苦面前，还是在急逼的死亡面前。

永诀

"希望你的大旅行车，尽早装上更多的人。"拥抱之后，我道。

二米黯然一笑："也可能会卖了。我和尼尔没准儿也会离开这里。"

我是离开了，而且估计再不会来了。这个彩虹之国，这个同时拥有天堂和地狱色彩的国度。

飞机起飞了。

绿树，被修整成圆形的田。红色、蓝色房顶的小别墅，耀眼的明媚。

而在我此时看不到的那些地方，陈暗、晦旧、凶杀、抢劫正在发生。

飞机转弯，那些蓝色的泳池闪映着太阳的夺目光芒。

白色泛黄的石山。

"那里是金矿。"坐在我左边的男人终于忍不住说，接着指给我看。隔个过道，坐着他的女儿。这男人是南非人，"非常爱"南非的人，带全家出去度假的英国人。

1886 年某日，在约翰内斯堡以北一个农场里工作的乔治·哈里森，散步时被一块石头绊倒。凭直觉，他感到这石头里可能含有金砂，便敲下一点碎片带回农场，果然洗出了亮闪闪的金砂。世界最大黄金矿脉区的边缘被发现了！消息一出，淘金者从世界各地奔涌而来。14 个金矿区一下子建立起来。当时，这里全部人口仅有 500 名黑人，1000 名白人。现在，这里是有上万人口、富饶的世界大都会。

这里也产钻石。我们 4 人乘一个世纪前出厂的蒸汽火车去的库里南，那里出产过世界上最大的钻石。钻石，这古希腊人认为是"掉落在地球上的星星碎片"，是这世界上最坚硬的物质。有些像梅森，坚贞，璀璨，恒久。

我们还准备乘蓝色列车去我们都去过的开普敦。那是欧裔白人在南非建立的第一个都市，名列世界最美丽的城市之一。我们还准备去东伦敦与爱德华港，那之间的海岸，人称"狂野海岸"……

飞机飞了 5 个小时后，我的情绪慢慢有所缓解。我和右边的黑人闲谈，得知她也去过津巴布韦，我问她怎么看津巴布韦的土地改革。博茨瓦纳、莫桑比克、乌干达、赞比亚等国纷纷欢迎被津巴布韦驱逐的白人农场主到自己的国家定居发展；马拉维表示"理解津巴布韦人民在土地问题上的态度"；纳米比亚公开赞同；非洲的大哥大南非，虽沉默，却暗中支持。那么我身边这个嫁给白人的黑女人呢？她会有怎样的态度？

美丽的她，想了半天，说："我真的不知如何回答这个问题。这对于我来说，非常困难……"

闻
香

科斯坦布什国家植物园

数年之后，我还一直无法忘怀这样的画面：下午明亮的光影下，一个男人双目微合，白皙的手指拂过布莱叶文，英俊的脸上幸福愉悦。布莱叶文刻在标牌上，标牌那侧，洁白无瑕的蝴蝶姜，飘着淡淡的清香。

过了很久，他移步走开，找到了另外一个标牌。他阅读布莱叶文后，用手去触摸。那是故乡就在开普敦的一摸香。平时没什么味道，但一摸它，浓香就扑鼻而来。

这是南非科斯坦布什（Kirstenbosch）国家植物园的芳香园。

标牌配有布莱叶文，方便盲人阅读。种植床也基本齐腰高，方便近距离接触。

虽然看不到了，但通过阅读，通过嗅觉，他们进入一个愉悦的天地。

南非科斯坦布什国家植物园在开普敦桌山东麓，是世界遗产中的第一个植物园。在这块占地 528 公顷的植物园里，生长繁衍着 6000 多种植物。

这里是名副其实的自然植物王国，生长着占非洲大陆 20% 的花卉，70% 的植物为南非独有。开普植物区是世界上植物最为丰富的地区，在全球 18 个热点生物圈中名列第三。开普敦国家植物园，也和纽约植物园等其他 6 家，一起被称为世界上最美的植物园。

南非帝王花

芦荟开着一串串黄色、红色的花。千百年来，南非的土著人一直用野生的好望角芦荟治疗晒伤，做成促进伤口愈合再生的神奇草药。

原产好望角至林波波河一带的百子莲，现在已经花开世界各地的温暖地带。这蓝紫色的花，为非洲南部人民所喜欢，是他们眼里的爱情花。

在这里，我第一次看到黄色眼镜蛇百合花的风姿。这通常出现在寒冷山脉的溪流或者沼泽之中的花朵，很难被发现，且难以培育。

一种大头苏铁的雌株已经灭绝，这里保存着雄株。苏铁，小时候爸爸就带我去公园看过。"你爸爸小时候带你去过公园吗？"爸爸回答，"没有。"然后我得知，爸爸小时候就没有了爸爸。

蓝眼菊，又名南非雏菊，娇媚动人，又有野趣。它的花语是：神秘的美。马蹄莲、欧石楠、天竺葵……各色鲜花，在植物园天然美景的映衬下，让我感觉如入仙境。

植物园里有森林、高山，也有潺潺小溪。

雕号鸟在蓝天下翱翔，双翼展开达一米多。

一群灿烂太阳鸟飞过。仅有十几厘米的它们色彩鲜艳，体态绝美，喜欢顶风飞行。它们的叫声婉转，仿佛永远快乐，像非洲人民。

前后在非洲待过几年，关于"你们为什么这么快乐？"我问过很多人，答案五花八门。有一天我又问，这人给我讲了一个故事："一只小鸟要飞越太平洋，你觉得可能吗？"

我想了一下说："它是搭船？"

"不是。是凭自己。它饿了，就入海捕鱼。这可以办得到。可在海上，怎么休息？"

我想起七只天鹅的故事。王子们变成天鹅在空中飞。等到太阳落下，他们就恢复成人的模样。所以一到傍晚，他们就要警觉地寻找落脚的地方，要是飞在空中时变成人，就会掉到海里去。他们住在很远很远的地方，去那儿要在海上飞两天两夜。途中只有一块勉强能挤在一起休息的小礁石……

"小鸟到底是怎么办到的？"

"它衔着一小截树枝。累了，就把树枝放在海面上，它站在上面休息。它什么也不带，就衔着这小树枝。如果它背着粮食，再带着东西，那它就不能走远。人也一样。你带的东西越少，就越能轻装前行。"

闻 香

数年之后，我读到这么一则新闻：不能去看世界，就让世界来看你。一对日本老夫妻，等孩子大了，两人准备去旅行，可是突然妻子因为糖尿病并发症，眼睛失明了。旅行计划中断，妻子更因身体原因，陷入寂寞、抑郁之中。有一天，丈夫想到一个办法：妻子虽然眼睛看不见了，但她鼻子还能闻啊。他开始大量种植芝樱。

两年过去，粉色的芝樱慢慢变成一片花海，赏花的人从各地而来，他们看花，也和老两口聊天。妻子坐在花海之中，在芝樱淡淡的香味里，开心满足。

这世界有人，生下便残缺。有人，因为意外变故，身或心不再完整。

法国马具匠儿子布莱叶，3 岁时玩弄小刀失手，导致一只眼睛失明。不久另外一只感染，双目失明。他父母没有放弃对他的教育，父亲在木板上用钉子组成字母，教他认字，后又送他到村里的小学读书。他 10 岁时，被送进巴黎皇家盲人学校；12 岁开始潜心研究盲文；29 岁出版了世界上第一本布莱叶盲文读物。

布莱叶从盲人学校毕业后留校，教授几何、代数、史地和音乐。他发明的 6 点制盲文，因为便于摸读，又便于书写，广受学生欢迎。但因为种种原因，这种盲文遭到校领导反对。布莱叶又将方案提交给法国学术研究院的教授们，依旧没有如愿。

官方不允许，他就私下教学生。

一次盛大的钢琴演奏会上，一个盲人学生的表演震惊了观众。她眼睛虽然看不见，却在音乐天地里游走得那么肆意、绝妙。她仿佛推开了一扇扇门，把里面的音乐精灵邀请出来。她是怎么做到的？她把功劳完全归于老师布莱叶。第二天，布莱叶登上了巴黎的报纸。学校迫于压力，开始采用布莱叶盲文。后来，布莱叶盲文被国际公认为正式盲文。再后来，人们将他的姓——布莱叶，作为盲文的国际通用名称。

人生有欢笑，但也可能遭遇不幸。忘记命运，学会成长。明月可以入怀，命运也能如花。是蓝色妖姬，还是曼陀罗大毒花，一切皆能笑看。

最好的爱

妈妈的职业是教师，退休后，她办了个幼儿园。有个叫小洁的女孩，聪明伶俐，对人也非常有礼貌。她只对她父母不好，从来不喊他们爸爸妈妈，因为她父母都是聋哑人。当父母只是微笑时，还好，他们一旦用手比画，小洁就非常生气。

有一天，小洁去洗手间回来的路上，被我拦住了。我问这个 6 岁的小姑娘："你知道为什么总是欣和妈妈来接欣和吗？"小洁说："欣和的爸爸死了。"确实，一次警察和罪犯在街头交火，欣和的爸爸不幸无辜中枪。这几乎只有在电影里才能上演的故事，我听过两次真实版本。另一次是我爷爷。当我爷爷不在时，我爸爸的童年，就比别的小孩不幸很多。我给小洁讲：世界上最幸福的事，就是你有爸爸妈妈。你可能会觉得有爸爸妈妈很平常，但你不知道，很多小孩没有。不管爸爸妈妈什么样，他们都会给你最好的爱。之后，小洁改变了很多，爸爸或妈妈来接她，她都非常开心。有一天，她还告诉我："昨天，爸爸妈妈带我去公园了。"

因为公共设施、观念等原因，在中国残疾人出行的不多。但一些先锋人士开始行动了，他们竟然开着车，纵横万里，去伦敦观看奥运会。当我参加启动仪式时，眼泪忍不住了，只好假装看旁边的花。

在欧洲，当我闻着茶里的留兰香薄荷时，当我在比萨饼里吃出罗勒的味道时，当我在烤肉里品尝出迷迭香时；在非洲，当我在预防疟疾而喝的用柠檬香茅煮的水时；在亚洲，当我吃到凉拌紫苏时，我总是想起在开普敦香草园里的那个男子。感谢这些芳香植物，给了那些眼睛看不见的人一份特别的美好。

南非植物园

情缘蓝花楹

第一次看到令我震惊的蓝花楹，是在画册上。一眼望不到头的小路，树上、地上，全是紫花。着花衣花裙的黑人女孩，正曼妙有姿地经过。看图片说明，是南非。到南非看紫花，从此成为我的一个梦想。

第一次去约翰内斯堡，几乎是刚到，就让司机载我去看紫花。

那时我不知这紫花叫什么，就告诉司机去看紫花。他载我转遍了全城，什么也没看到。约翰内斯堡是世界有名的危险之城，到这里，就为了看紫花？司机百思不得其解。

在我逐渐的描述里，"树高高的，一片紫色。"他也终于明白了我要找的是Jacaranda（蓝花楹）。我来得不是时候。而且看蓝花楹最好的地方是比勒陀利亚。比勒陀利亚的蓝花楹确实有名。那要到初夏，才能盛开。

赶在初夏，第二次去南非。犯了个致命的错误，忘记了南非是南半球，和我们的季节相反。蓝花楹树沉稳，沉默着，没有一点花影。我估计再也看不到它们了。我总不能因此，再到南非来吧。

我去北非突尼斯转机，也顺便玩几天。一日，在一条小巷里，看到一棵3层楼高的大树，开满了紫花。花虽长在一家人的院子里，但它高啊，丝毫不耽误我拍摄。我是个见花便兴奋的人，见到这从未见过的、这么高的花树，这个拍呀，恨不得把每个角度都照全。

不知过了多久，门"吱扭"一声，一个中年女子走了出来。

我赶紧说对不起。虽然是照花，可镜头毕竟对着人家院子了，而且拍了这么长时间。

不想她笑了："既然这么爱这花，不妨到院子里看吧。我看你照了这么长时间，也累了，进屋来休息一下吧。"

我在非洲特有人缘。在埃及吃烧烤时，我想吃羊心。可轮到我这儿，羊心卖没了。过一会儿，那个我前面买着羊心的人，竟然把他的羊心送给我吃（得先买，然后再拿去烤）。在摩洛哥卡萨布兰卡，我曾免费住在当地一户人家3个月。现在人家邀请我，我自然也没有客气。

她家白墙蓝窗红瓦（北非人喜欢白色，屋顶有红瓦的很少），再配上这么一大树蓝花楹，真是让人沉醉。喝着她煮的薄荷茶，这初夏的下午，真是舒爽。

我问她这花树叫什么，她说 Lagerstroemia（法语）。日常的法语我没问题，可这个……我问她这是否就是英语中的 Jacaranda。可她又不懂英语。我问能否借用她

北非突尼斯人家的蓝花楹

家的电脑到网上查查，她说好。可她的电脑，没有汉字输入法。键盘上字母的设置，也和我们的完全不同。

我弄了将近一个小时，才终于摸到法语在线。Lagerstroemia 正是蓝花楹。见我为此花费这么大心思，这个叫索尼亚的女人说："走，我带你去一个地方。"

走了大约 20 分钟，我们来到一条路上。路上的树全是蓝花楹，此时正在怒放。风吹过，落英缤纷。在这明洁、宁雅的地方，在不远处清真寺的背景下，蓝花楹开出别样的紫色梦幻。

后来我开车到乡下，又被一棵高大、正开花的蓝花楹树吸引。树后，是一所学校。见车里有外国人，那些孩子都跑过来，微笑，招手，搭话……在北非我经常被人献花，看着这些孩子，这大棵的蓝花楹，我突然想：这高树，他们爬不上去；他们也不会从地上捡朵花献给我（一般都是摘的）。正想着，一个女孩，从书包里拿出她的笔记本，送给我。笔记本刚写了两页，也爱护得非常好。在这个高消费的国家，这笔记本不便宜。我不要，可她坚持给我。

在北非，我看到了从未想象过的蓝花楹，而那些善良、美好的人，也让我在想起他们时心存感动。那个笔记本我一直保存着，虽然上面写的是我不懂一字的阿拉伯语，但是，那女孩美丽、可爱的面容，会永远深藏在我的记忆中。我对蓝花楹，也有了更深切的感情。

后来，我还是没忍住又去了南非，在蓝花楹盛开的 10 月初。

高大、繁茂的蓝花楹，似乎染得天空都是紫色的了。看得人真是心花怒放。想想看，不大的城中，有 8 万株蓝花楹是什么样子？比勒陀利亚，人称"蓝花楹之城"。

四季
到非洲去看花

非洲南部的春天，是从 9 月开始的。植物王国的非洲，也便到了百花争艳的时候。

中国人喜欢到南非好望角。春天的好望角，雏菊遍野，更是欣赏帝王花的好去处。美丽、华贵的帝王花，又名菩提花、普罗帝亚，是南非的国花。帝王花植株很高，花朵硕大，色泽艳丽，丰富，更有 350 种之多。

时岁渐进，10 月，夏天到了。在南非、津巴布韦、纳米比亚，遍开蓝花楹。中国也有蓝花楹，但非洲的蓝花楹高大、繁茂。尤其成规模时，看得人真是心花怒放。比勒陀利亚，8 万株蓝花楹，开得小城一片紫色云霞。

纳米比亚的蓝花楹，虽没有比勒陀利亚有名，但在那明洁的地方，蓝花楹也开出自己别样的紫色梦幻。

这国家最特别的是千年兰。沙漠中一般低等植物都很少见到，这里却奇迹般地生长着千年兰。这是那位名叫威尔威斯的植物学家，在 1860 年于安哥拉沙漠中首先发现的。形似兰花，却十分耐旱，生命力超级旺盛，以"长生不老"著称，一般可活 1000 年以上。

马达加斯加的蓝花楹同样没有比勒陀利亚的出名，但马岛是蓝花楹的故乡。

在马达加斯加语里，这树有一个特别的名字：流泪树。

每年这树盛开之时，正值马岛雨季。植物自身的蒸腾作用，加上花朵繁密，花杯朝下，簌簌地往下滴水，好像流泪一般。

帝王花

你永远不知会有什么，与你不期而遇。在安布第夫哈拉小村，我见到了那种叫"日出而开，日落而息"的花；在芳香岛诺西贝，我闻足了依兰（Ylang-ylang，也叫香水村，是著名香水香奈儿5号的重要原料）。马达加斯加是全世界最重要也最优质的香草产地。

在玛索拉，马岛东北部的一个半岛上，竟有100多个品种的兰花。我还见到了一个稀有品种 Angraecum Sesquipedale，当地土著人称之为"马达加斯加之星"。

范姿是法国籍马岛人，植物学家、基因学家。她没有为我解开食人树之谜，倒是让我知道了马岛植物神秘的生存策略。地处马岛西部的贝马拉哈的钦吉自然保护区，那儿的植物以其坚韧的意志力，对抗人类，保持自己的存在。整个保护区，被148平方千米的石灰质地表覆盖。成千上万的石灰质尖峰巍峨耸立，高达五六十米。那针状螺旋的异常景观，是经过一亿多年的风蚀形成的。锐利的石锋，阻挡了外部力量的侵入。雨水长期的侵蚀，让地表的裂痕深达几十米，而且错综复杂，迷宫一般。因此也便为这里的生物提供了天然的庇护。无论是那深下去四五十米的峡谷底部，还是地下溶洞都生长着稀有动植物，种类繁多。这被称为"垂直生物伊甸园"的地方，就是当年法国探险家菲利普·科莫尔森在他的《马达加斯加岛考察日记》中曾经写到的地方：

"自然造化撤退到这里，找到了秘密的避难所，如果你来到这里，便会发现每迈动一步就有珍奇的物种与你见面……"

我翻看资料，心里为这自然而神奇的自卫能力激荡不已。这是自然面对人类的围剿时所衍生出的智慧。虽然作为人类，我还是为这自然柔性的不屈，为它神奇的应变能力暗自庆幸。马岛确实是个神秘的岛屿。在大火后，这岛竟然能够出现新的物种。最近11年间，专家在这里发现615种新的动植物物种。

不分四季，只分雨季和旱季的西非和东非，广种鸡蛋花。白色花瓣，黄心，鸡蛋花的名字跟它的样子很契合（除了白色之外，还有红、黄、粉色）。原产自墨西哥至委内瑞拉一带的鸡蛋花，在非洲同样繁茂生长。鸡蛋花又名缅栀子、印度素馨、大季花，我从前在东南亚的一些寺庙里见过。在东非、西非，随处可见。鸡蛋花花

鸡蛋花

朵大，带甜味芳香。有时见落地的鸡蛋花还是那么安洁、芳香，我忍不住把它们捡起来，串成花环，戴在头上。黑人见了，就常摘花送我。他们没有偷花的概念，"因为这里到处都是花"。

我的非洲纪实书《遗失象牙的海岸》，编辑最初想用非洲的树或花做封面。嘿，我就狂拍树和花。在蒙巴萨，我曾用一下午的时间拍几朵飘落的鸡蛋花，被人笑为花痴。我这花痴之名，真是到非洲了。

西非人最喜欢鸡蛋花。树皮能治炎症；把晒干的鸡蛋花泡水，能治热下痢。在湿热的西非，这鸡蛋花最合适不过。

东非最有风情的地方，是坦桑尼亚的桑给巴尔（Zanzibar）。这个岛广种丁香。广种是什么概念？全岛共有 450 万株，占全世界产量的 60%。

桑给巴尔

棕榈树下的石榴

花茄

丁香，在宋朝曾被称为鸡舌香。丁香的故乡是印度尼西亚的马鲁古群岛。13世纪，丁香传到欧洲；16世纪，丁香贸易被葡萄牙人垄断。1832年，桑给巴尔苏丹萨伊德被欧洲殖民者诱惑，为利益所驱，迫使被贩卖的奴隶砍伐掉原始森林，换种数百万棵椰子树、丁香树。当时规定，每种一棵椰子树，必种3棵丁香树，否则重罚。

丁香能温胃降逆，主治呃逆、胸腹胀闷；能治反胃、痢疾、疝气；能治神经痛、牙痛；能治皮肤溃疡，改善粗糙皮肤。

桑给巴尔的丁香，色泽好，质地优良，有国际声誉。

桑给巴尔花草也多，被誉为世界上最香的岛。

在非洲热带草原的很多国家，都能见到猴面包树。但塞内加尔把它当成国花。它大如足球的果实，是猴子、猩猩等喜欢的，也因此得名。它的嫩叶能作为蔬菜吃，种子能炒着吃，果肉能制成饮料喝，树皮也可入药，真是全身都是宝。

猴面包树白色的硕大花朵，只在夜间开放。

猴面包树，一生有 3/4 的时间都是枯死状。在看起来枯萎的时候，其实还是保持着生命力。烈日漫长，它也一定难受。为了减少蒸发，它脱下所有叶子。它坚信下个雨季，一定会来。雨季来了，它用两三个月时间，吸足一年的水分。这是生命的礼赞。

北非和我以往经验中的四季合拍。只不过它的春天来得早，2 月初非洲菊花便花开遍野。3 月，地中海沿岸的金合欢开得一片鹅黄，绒球一样的小花，在蓝色的海边迎风而舞。原产自澳大利亚的金合欢，在北非，算是乐不思蜀了。带刺的蓟，也开出大大漂亮的紫色花朵。4 月，木槿露出红色花苞，丁香应时而香。到 5 月，北非大地，虞美人便艳丽得有些哀伤了。

非洲土地肥沃，在国内我养在盆中的一品红，在非洲都长成大树了。非洲气候温暖，花期也就长。非洲各处常见三角梅。这种来自巴西、女子常插头上的花是赞比亚的国花。在北非三角梅几乎四季都不凋落。

橄榄树下的香雪球、棕榈树下的石榴、沙漠小镇里的夹竹桃、二月兰、大花茄、蓝雪花、金露花、美女樱、曼陀罗、砂蓝刺头……

金合欢

尚又何求
取足一日，

在毛里求斯时，我认识了西班牙女孩安吉拉（Angela），我们经常一起玩。

我们从酒店租了自行车，沿着海边公路骑行。在黑河谷，我和当地人徒步，认识了不少植物。现在，用自己的眼睛，能不能一下子发现它们？

纸树是在毛里求斯第一次见。树皮真跟纸般薄厚，撕去一层，还有一层。

以前我只见过红掌，原来还有粉的，白的。

高山玫瑰开在高高的树上。花蕾像大桃子，从外向内，一层层开放，盛开起来，有小西瓜那么大。

蓝色莲花，清绝，宛若仙子。

热带多琪花瑶草，我看得满心喜悦。

我东张西望，妄图一见那据说只生在毛里求斯悬崖上的蓝铃花。我骑得慢，一路上赏心悦目。一见奇花异树，必定惊喜下车。

安吉拉则更在乎骑的乐趣，不管不顾，一头直往前冲，我都怕她一头扎进那碧色的海中。我仿佛回到和好友骑自行车的学生时代。她骑得快，总是停下来，等我。

茶隼逆风飞翔。粉鸽的翅膀一闪而过。那是世界上的珍稀物种，仅毛里求斯有。20 年前，它们濒临灭绝，仅剩 10 只，后经保护，数量有所增长。

寿带鸟声音悦耳，身型优美。雄鸟的一对中央尾羽有 25 厘米，比我小学时用的尺子还长。

吵闹的黑鹳飞过。如果是橄榄绿鹳，则是濒危物种。

我和安吉拉搭公共汽车去植物园。售票员的打票机竟然是手摇的，让我想起旧时光。火车站的乘务员，一一把火车票打孔的时代。

占地24公顷的植物园，是南半球最古老的植物园。始建于1735年，是当时法国殖民总督的私人花园。1768年法国园艺家迁居到此，开始引进自己喜欢的世界各地特有的植物、动物。园中栽有一种爪哇橘树——庞普勒穆斯，植物园因此得名庞普勒穆斯皇家植物园。也有说是以毛里求斯国父的名字命名的。

气根虬结的大榕树、菩提树、红木树、乌木树、菠萝蜜……繁茂高树下是灌木，各种奇花异草。火炬姜、蓝花藤、朱槿……花草树木共有千种之多。

植物园最著名的是王莲，世界上最大的莲花。直径两米，可站小孩。前些年游圆明园，那里也引进了这个品种。现在让我感到新鲜的，不是大而圆的莲叶，而是卷边儿带刺儿的幼叶。

热带植物园，多椰子、棕榈，种类繁多。"猩猩椰子"被当地人称为"神树"。酒瓶椰的样子真像酒瓶。

棕榈的种类有60多种。其中一种叫大棕榈树（Talipot）的，开花一次需要百年，花朵高达3米，是世界上最大的花。

"花开之日，也是这树枯死之日，真够神奇的。"安吉拉感慨道。

"就跟竹子开花一样。"

我见过的西双版纳甜竹，30多年才开花。取其笋，与鸡肉同炖的美味，回味起来，仿佛香绕。桂竹开花更需120年。出罗纨翠，就是从桂竹身上学的。

"竹子生长到一定的年龄，必然开始衰老，为繁衍后代，在生命结束之前开花、结果。"我说，"芝麻开花节节高。竹子一开花，则完成了此生。世间万物，生态不同。蜉蝣朝生暮死，也是一生。"

"你说的是它们吧？"她指着荷塘。那里果真有很多蜉蝣。

"对。Ephemeron（蜉蝣）。"

"这是亚里士多德给起的名字，一词指向它的本质：短促。我第一次仔细观察，发现它们长得好漂亮啊，你看翅膀。"

我想起"蜉蝣之羽，衣裳楚楚。"

植物园

　　"是啊，它们虽朝生暮死，却能修其羽翼。"

　　蜉蝣一生一日，上天真是薄待它们。微微之陋质，一生却也经历卵、稚虫、亚成虫和成虫四个时期。

　　忽又想起那"不识晦朔，无意春秋。取足一日，尚又何求？戏渟淹而委余，何必江湖而是游"。

　　"感谢我们所有的诸多时日。"她说。

　　"鹤寿千岁以极其游，蜉蝣朝生暮死尽其乐。万物各有所乐。"

　　几十年的人生又如何？雪泥鸿爪。关键不是时间的长度，而是人生的厚度。取足一日，尚又何求？

　　有段时间，我痴迷花草到了匪夷所思的地步。到一个地方，先去植物园。

　　塞舌尔小，它的植物园也不大。但这里阳光和雨水充沛，植物都繁茂生长。以前习惯低头看花，现在得需仰望。

　　以前在国内，我见喜林芋大都种在花盆里。但这里却都是大树一样。它红色的花朵，得仰头才能看到。

　　白色栀子花，有那么好闻的香味。

　　热带鸟兰花气味幽香，这是塞舌尔的国花。在碧绿的叶子上，花儿一束一束开放，像一只只小鸟落在枝头。因为独特的形状，也被称为千手兰。

　　初识蜘蛛兰，是在西非，中国大使的庭院里。我不知道它叫什么，擅自叫它蜘蛛兰，因为它长得太像蜘蛛了。后来一问，竟然真是这名字。今天，在塞舌尔又看到它，感觉像熟人相遇。

　　瓶子草的叶子好有趣，管状，顶端像打开的盖子。如果小昆虫不小心落到里面，"盖子"合上，被捕获的虫子就成为这食虫植物的美食了。这些细长的管子围成一圈，细长的花葶从中伸出，红色花朵开在花葶顶端。

　　我听一个男人给他女朋友讲露兜树。雄花序由若干穗状花序组成，雌花序呈圆球形。

　　我爱花多年，但没注意过这个问题。

瓶子草

也是他们，让我第一次知道海椰子。"五月谷的海椰子比这多得多。"五月谷？我顺藤摸瓜。

行走在五月谷，看那如此原始茂密的森林，那样多神奇得让人吃惊的植物动物，你会一下子想到宇宙洪荒，想到亚当夏娃，想到伊甸园。是的，五月谷，这个世界自然遗产，便是传说中的伊甸园。

五月谷，坐落在塞舌尔普拉兰岛，虽面积只有 19.5 公顷，却广布珍稀动植物。

首先要说的自然是海椰子。海椰子学名叫马尔迪斯瓦椰树，属棕榈科。不管从哪方面讲，都很大。树高 30 多米，是世界上最高的树种之一。最大的叶子面积可达 27 平方米。由于整棵树庞大无比，人们称它为"树中之象"。其果实是植物界最大的种子，而且被传为"世界上最具催情效果的果实"。传说夏娃就是吃了这个之后，和亚当一起被逐出伊甸园。

海椰子的奇特之处在于它的形状。雌性海椰子惟妙惟肖于女性的髋部，而雄性海椰子则像男性生殖器。植物王国中，海椰子非常奇特。雄树每次只花开一朵，花长一米有余。雌株的花朵要在受粉两年后才能结出小果实。种子落入土中，需要两个月才能发芽，然后每年只长一片叶子。长出 15 片叶子以后，树干才开始生长。15~25 年，树干长到近 30 米，进入成熟期。海椰子生命力极强，能活 1000 多年。它的生长方式非常特别：雄树和雌树总是并排生长，但树根却纠缠在一起。如果其中一棵遭砍伐，另一棵也不会独活。

英国威廉王子和新娘来此度蜜月，一定也看到这"爱情果"了吧？不知会作何感想？

塞舌尔属热带雨林气候，风雨多。风雨交加的晚上，是海椰子"约会"的好时候。不过这浪漫时刻可看不得，谁见了，日后可就怪事找上门了。

海椰子的金贵程度高于黄金，当年哈布斯堡王朝名声显赫的鲁道夫二世，出价 4000 金币都未能买进一个海椰子。

从前海椰子是塞舌尔人的美味，现在它们是塞舌尔的国宝，谁要是再吃就得进监狱待几年。外国游客若想把它带出境，得持有当地政府的许可证。

除了 7000 余棵海椰子，普拉兰岛让我感兴趣的东西还有很多，珍稀的东西也让我数不过来。Latanyen Lat 树给我的感觉是旱地拔葱。它的树根竟不是全部

海椰子

埋在土里，而是跳出来半米多高，仿佛外面的世界太精彩，它也要探头看看，就差拔腿前行了。这种迥异于其他植物的生长方式，使得这树可以在溪流中快乐地生活。

灿烂的阳光，让这里的一切都肆意生长。松塔有网纹瓜那么大，无忧草的叶子会长到一尺多宽。灿烂的阳光也带来色彩。莲花是紫色的，野蘑菇红艳如花。动物也不甘落后，蜥蜴是那样色彩斑斓。

在密林中寻宝，看溪水欢畅，听黑鹦鹉婉转的歌声。黑鹦鹉，全世界也只有这里才能见到。目前数量有三四百只。

看到桌子大小的龟不要害怕，那是象龟。其中一只名叫埃斯梅拉达（Esmeralda）的象龟，是目前最高龄的象龟，如今还在岛上优哉游哉。体重超过400千克的它，现在已年过百岁。塞舌尔的很多家庭，会在新生儿诞生时，收养一只象龟，以求孩子长命百岁。在海滩，还可以看到椰子蟹、玳瑁。

看椰子蟹爬椰子树，看它用强而有力的双螯，剥开坚硬的椰子壳，慢慢享用香甜的椰肉。看濒危的褐鹈鹕在水面上捉鱼。红冠、蓝身子的塞舌尔蓝鸽从天空中一闪而过。神仙鱼在这里，真是神仙活在神仙处。

象龟

西方人表达爱情热烈、直接，
象征爱情的玫瑰，一直为他们钟爱。
很多公众植物园、私人庄园，都有玫瑰园。
华勒比，这个爱情改变了主人命运的地方，也有玫瑰园，
而且有 5 公顷之大。

大洋洲

理智与情感

在墨尔本近郊，有个举办户外婚礼的热门地。每年的 11 月至次年 4 月，当 200 多种玫瑰花和新人的笑脸一起绽放时，那种美真是无与伦比。

这就是华勒比庄园。

1838 年和 1841 年，丘恩塞德兄弟远渡重洋，从英国来到澳大利亚维多利亚州，开始经营进出口羊毛和肉食品。那是人们开拓的黄金时代，财富的积累比现在容易得多。也许是他们的机会到了吧，这对不名一文的穷兄弟，摇身一变成为全州最富有的人之一。有钱了，当然得置地了。他们在 140 公顷的土地上，花 3 年时间，建了这座豪宅。

实现了财富之梦，人生有了新目标，娶妻生子。

哥哥安德鲁准备把英国的未婚妻玛丽接来，在墨尔本完婚。估计是被生意拖住了，没有时间，便派弟弟前去。这个手足，一直在事业上并肩的人，安德鲁最信任的人，竟然和玛丽一见钟情。爱情是件很没谱的事，茫茫人海，你不一定和哪个人突然就"电光火石"起来。可作为人，起码还是应该有理智的吧。这两个闪电般坠入情网的人，竟然闪电结婚了。

他们给安德鲁写了封信，交代实情。如果他们留在英国，也就罢了，竟还双双回到华勒比，这不是给安德鲁添堵吗？

他们婚后回到庄园，是为了享受这里的生活，还是为了求得哥哥的原谅和祝福？

玫瑰园中的玫瑰

真不知安德鲁最初见这阵势，心情会是怎样的崩溃。

庄园有宽广的草坪、茂密的树林和人工湖。正式的花园就占地 10 公顷。西方人表达爱情热烈、直接，象征爱情的玫瑰，一直为他们钟爱。很多公众植物园、私人庄园，都有玫瑰园。华勒比，这个爱情改变了主人命运的地方，也有玫瑰园，而且有 5 公顷之大。

整个玫瑰园，被设计成玫瑰的形状，中间白绿相间的小凉亭是花蕊。周围 5 朵打开的花瓣，由玫瑰花树组成。奇妙的是，每朵花瓣，都由不同颜色的玫瑰组成。这里姹紫嫣红，芳香扑鼻。

不知这玫瑰园建在背叛事件之前还是之后？是安德鲁建好了这玫瑰园，以迎佳人，还是玛丽嫁给了弟弟后，两人毫不避讳，建起了玫瑰园？

能做出这种事的两个人，一定会携手徜徉玫瑰园吧。安德鲁亲眼见到过吗？想象过吗？

他的心，会不会被这玫瑰的刺，一遍遍扎伤？

我从这里回国后，给几个朋友讲这故事。

有人说："多大点事儿，安德鲁再找个女人不就是了？他那么富有，找谁不行？"

有人说："两人共妻。"

安德鲁终生未娶。

参观棋牌室、台球室时，我总想，都是谁在玩这些东西？

这么大的庄园，一定常有聚会吧？虽然西方人基本都是爱情至上，以自己的利益为重，会理解这对夫妻的所作所为。但是，也一定会有人嘲笑安德鲁的吧。

他一个人没法在棋牌室、台球室里待着。他是躲进图书馆还是酒庄？

在这栋有 60 个房间的建筑里，大家碰面的机会不知道多不多？

我想起法国卢瓦尔河谷的香波堡。那里有一个双螺旋偷情楼梯，同时上下楼梯的人，可以相互看见，但不会碰面。这个堪称建筑史上一绝的楼梯，是当年国王特地请达·芬奇设计的。据说，国王这么做，是为避免他的情妇们和王后正面相遇而引起尴尬和纠纷。

国王的情妇们和王后可以避免碰面，兄弟两个却不能。如果能，他们也不会同时居住于此。

他们每天一起吃饭吗？

他们在玫瑰园相遇过吗？碰到弟弟夫妻二人在这里卿卿我我时，安德鲁是正视还是回避？会不会有一天，安德鲁暗自神伤之际，蓦然回头，看到玛丽一个人站在玫瑰廊下？

多年压抑后，在洗衣房附近，安德鲁饮弹自尽。

今天，在洗衣房的窗外，我看到一朵蓝色的绣球花，正盛开在澳大利亚的阳光下。

严冬盛开的绣球花，常绿，是最早报告春天的花朵之一，因此，它的花语是：希望。得到这种花祝福的人，极富包容、忍耐力。

绣球花的花语还有忠贞、永恒。

安德鲁应该是这样的人吧。

他终生未娶。

应对打击最好的办法是转移法。他有没有从花中找到安慰？

在充满英国维多利亚风韵的主建筑前，还有个维多利亚式的花坛。

我在这里徜徉，想起闺密兰芷讲的一个故事。

她上大学时，北大一个男生萧追她。每次去北大，萧都会买好几个菜给她。有一天，她来月经了，心情不好。萧就问她"东西吃得不舒服？"她说没有。"走得急，肚子进风了？"她说没有。她不好意思说自己那个了，他就一直耐心地问，一直是关切的语气。有一次她当着他同学的面，甩手走了，他也没介意，事后还是那样温暖地对她。她像木头一样，哼哼哈哈。

华勒比庄园

大三暑假前夕，兰芷接到了北大的一封信。竟然不是萧的，是他同宿舍的雨熙，说暑假要去她的家乡玩，不知道方便否。她说欢迎啊，去车站接你。

兰芷是长发，接站的姑娘是短发。说话的声音也不一样，但看起来太像了。那姑娘说是兰芷的双胞胎妹妹。走了有两站地，雨熙说："你就是兰芷吧，别骗我了。"兰芷哈哈大笑。

他就是那个能让她生动、活泼、有趣起来的人。

回家乡后，他开始不停地给兰芷写信。每封信都别出心裁。有时，信纸被他裁剪成一个大大的圆形；有时，一打开，信里什么没有，再一细看，信封本身是用贺卡做成的。仔细拆开，看到了写在贺卡上的话；有时，他把信纸画成花笺纸。

生日这天，他请她出去玩。在圆明园，他们玩了一天。当月光漫上来时，他拉起她的手，那么自然，他是那么高兴。他跳到大石头上，给她朗诵一首诗。

"真是不敢相信。现在还是做梦一般，昨晚，我们竟然手拉手。"他写信给她。

他才是让兰芷心动的人。多年过去，她还一直记得月光下他清秀的面容，他动听的声音。

他也写明信片给她。清秀的字，诗一样的句子。

兰芷爱他。可是，她怎么面对萧？她怎么让他面对萧？他请她去北大时，她退缩了。

"你还不来，我等得湖面都结冰了。"

他真挚热烈，却敏感。她没有赴约，便也不再联系她了。一年后，他出国了。

她很想念他。多年来，一直将这份短暂美好的感情铭记于心。

卡尔顿公园是澳大利亚著名的园林建筑，始建于 1839 年。

我站在这公园的主林荫道上，树高叶茂。树下的草坪是绿的，上面却开始有早秋大大的红黄色落叶了。草坪上的木头椅子上，是喝咖啡、歇息的人们。

林荫道尽头，是有着和佛罗伦萨圣母百花教堂相像的圆屋顶的墨尔本皇家展览中心。约瑟夫·里德（Joseph Reed）设计的此展览中心，于 1880 年建成。

卡尔顿公园连同皇家展览中心，一起入选世界文化遗产，是澳大利亚唯一的世界文化遗产，其余皆是自然遗产。

红衣乐队正在演奏；彩妆的绿衣人踩着丈高的高跷；卡通人把气球送给孩子；挎篮子的姑娘派送澳大利亚的大苹果；薰衣草味道的糖果免费品尝。而众多的游人背着大门口发的黑色、绿色挎包，徜徉在卡尔顿公园醉人的花海之中。

缤纷花丛，浓郁花香，墨尔本 4 月的阳光似乎都沾染了花色。这是墨尔本秋季花艺博览会，南半球最大的花展，也是世界五大花展之一。在皇家展览中心、卡尔顿公园 26 公顷的展览区中，是来自澳大利亚本土和世界各国的各色鲜花，以及园艺精品。

世人都爱玫瑰，玫红色的"爱的记忆"，藕荷色的"天使的脸"，粉瓣黄心的"和平"，白色的"雪花"，花瓣一半是玫红色，一半是白色的"冰火"，黄色的"金色之心"，黄白色的"冰山"……引人驻足，让人流连。

铁线莲

"献给你的蓝色"尤其引人注目。一丛丛的，紧密而茂盛。柔软起伏的花瓣，好似情人温情脉脉的注视。只是我看这花是紫色，一直不明白为何叫蓝色。

"如果你能种好的玫瑰，也能种好的铁线莲。"铁线莲艳丽，花色丰富，有红、粉红、蓝、蓝紫、白等多种颜色。铁线莲，不用管它，它愿意去哪里就去哪里，之后你会发现，美丽的花朵开放了。藤本植物的铁线莲可以布置于棚架、栅栏、花柱、阳台、门廊。早在 1569 年，英国就有栽培铁线莲的记载。近百年来欧洲园艺专家更是培育出众多园艺品种。铁线莲因其在园林中扮演重要角色，而被称为"藤本皇后"。

这美丽的花朵面前，赏客众多。购买者，也自然不少。

用鲜花表达

"要是和你一起出去玩，一准把我急死。"闺密雯曾说我。

是的，我慢。这墨尔本的花展一共 4 天，我逡巡了 3 天。不过也不能怪我，第一天，狂风卷席澳大利亚，树断枝折，广告牌倒塌，游客都被紧急疏散到皇家展览中心。不过若不因此，我还不知道这展览中心也有室内的花展呢！我也想象不出，花艺还能被制作得如此丰妙。

裙裾、头饰、脸，全部用鲜花装扮起来的模特；用树枝、花搭就的长长的餐桌；用花、树建成的海盗船。门廊下的花、自行车车筐里的花、摇椅旁的花、餐桌上的花……到了这里，才刚知道，我们的生活，完全可以用鲜花建成。

各种切花，更是创意翻新。还有现场比赛，来自多国的插花高手把心中的所感所想，用鲜花表达出来。裁判威严地站立着，手里拿着计时表。观众在围栏的外面，为各自喜欢的选手加油，既欣赏，也学习。曾以为插花是轻巧美丽的活儿，其实不然。一个选手的手被钢钎扎破了，医护人员马上赶过来。

花卉的护养、栽培知识讲座，正在展览中心的主厅举办。很多人上台，和大家

花艺

花艺

分享自己的经验。展厅也有小花市，现场展卖。我印象中应该是蓝色的勿忘我，这里竟然有蓝、紫、粉等 10 多种颜色。

二楼是画廊，主题全部是鲜花。游客看中哪幅，就叫旁边的工作人员过来。这里也有工艺品现场制作、展卖。镜框、盒子、布、陶瓷，全部和花有关。选了一个木盒子，盒盖上的画，全部是用野花做素材的。我也选了两幅用新工艺做出的画，准备送给朋友装点新居。虽是画，却不是画的，是用澳大利亚本土产的野花拼成。

满眼都是花影，周遭都是花香。是的，金碧辉煌的大厅张挂着这样的广告：你想说什么，都可以用鲜花表达。

福特汽车也来凑热闹。参展的观众，填一张反馈表，就有可能赢得已摆在这里的福特汽车。

以花为主题的瓷器

带着记忆的花

因为狂风,第一天室外的花展关闭,我们被重新发了门票,可以接着再来。但不一定是第二天,具体情况要看当地新闻。第二天下雨,我没有过去。第三天再去时,天还有些阴。我以为没什么人来,不料进了园一看,嗬,满园的人呢。阴霾并没有影响人们赏花的心情。

来自意大利的花,适合干旱地区的花,各式的蝴蝶兰、大丽花、兜兰、石斛兰、紫荆花、非洲菊……

我遍走非洲,自然对非洲的植物更感兴趣。大而艳丽的帝王花竟然也来这里了。

帝王花是多年生、多花茎常绿灌木植物,植物生命期可达百年。它既适宜在花园或花盆种植,又是优良的鲜切花。不管是种植还是作为鲜切花,都能盛开很久,这正是帝王花被南非人认为"久开不败",奉其为国花的真正原因。帝王花,也被世界各国人民认为是世界上最富贵的花。

南非的帝王花有 350 多种,其中超过一半以上的品种是生长在开普花卉王国里的。而欣赏帝王花的最佳去处就是开普半岛的开普植物保护区。是的,我就是在春天的好望角,看到大片的帝王花怒放的。在大家都为终于站到小时候学地理知道的好望角上时,为那里的蓝天海浪感叹不止时,我却为这硕大、艳丽的花朵心生感动。

象征荣光的嘉兰,是津巴布韦的国花。它花形奇特,犹如燃烧的火焰;花色也变幻多样;由于攀缘性好,花期较长,是垂直绿化的好材料,尤其适合装饰豪华场景。

在津巴布韦的平衡石公园,我第一次见它,惊讶于这花瓣向后反卷的金色花朵的美丽。是的,嘉兰的花名,正来源于拉丁语的"惊叹""美丽"之意。我问陪我同去的当地人这是什么花。他说是嘉兰,他们的国花,我便一下子记住了。

在法国待过很久,也喜欢法国的国花鸢尾。想起凡·高画的鸢尾;想起去年夏天,去拜访他曾经生活过的阿尔勒,他画向日葵的地方;想起夏天普罗旺斯遍野的薰衣草。从前,以为歌声是带着记忆的,其实,花也是。

在荷兰看过凡·高的画后,我也在自己的园中种鸢尾。以为那么美丽的花,不容易开呢,谁知夏天,沿着墙边,开出那么多蓝色的花朵。它们长得很高,最后都趴地上了。因为我总不在，没人侍弄。

我也曾为了看紫薇（后来证明那花叫蓝花楹，紫薇科），两次跑到南非。其实，我的园中也有紫薇。粉白色的，温绵，美丽，它只开了一年。我长期在外旅行，再回家时，它已经死去。我们总跑到远处寻梦，我们总以为精彩的生活都在远方。我们失去自己旧日的生活和曾经的温暖。

来自荷兰的展团，自然会和郁金香联系紧密。在荷兰看过郁金香，在澳大利亚塔斯马尼亚也参观过郁金香农场，带着曾经的回忆，对郁金香更是浓情蜜意了。

可是你知道吗？郁金香的故乡，不是欧洲，不是多花的南美、澳大利亚，而是我国的青藏高原。2000多年前它传到中亚细亚。16世纪，驻土耳其的奥地利人，把它带到欧洲，从此风靡欧洲。荷兰人把郁金香当作黄金，以拥有这种花的多少，作为自己财富的象征。

郁金香是秋天种植，春天开花。现在是澳大利亚的秋天，正是人们选这球根花卉的好时节。通常家庭种植的郁金香，都是从花市上买来的进口种球。通常经过了低温处理，5℃或9℃处理过2~3个月的种球，俗称"5℃球"和"9℃球"。

嘉兰

泰国展团,以泰国兰为主题。那象征纯洁、吉祥的花,那来自东方的清幽,引人驻足。去泰国时,第一次认识这花。紫色的花瓣,装饰着漂亮的菜品;一小束,别在男人西装上面的口袋里……

看得见风景的房间

澳大利亚之所以每年秋季都有花展,和这里的人爱花,很多家庭都有花园是分不开的。

你可以在一丛白色矢车菊旁种两株鹤望兰,你可以在非洲菊旁种些蜀葵,小南瓜旁种些薰衣草也未尝不可。你的花园可以是率性、淳朴、情之所至的乡村风格,也可以有专业人士指导,深含意蕴,雅致精巧。澳大利亚不乏这样的机构。

对水的运用,有水法喷泉,有水车,有从石头墙上流淌的水幕。你能想象出的,你想象不出的都有。几级台阶,几块石板,几节木桩;一把别具特色的椅子,一个漂着花瓣的木盆;树皮铺成的小路;墙上吊着的木花盆……对大自然的淳朴情谊之外,也有环境的内在逻辑,对自然的提炼,充满园林专家的美学原则。中式园林的曲折有致,趋于完美;从理想国搬到现实的阿拉伯"天园"艺术;英国自然风致式园林,日本的枯山水……

自然界的高山流水,锦木繁花,在明晦的变化中,在空间的开合里,让人赏心悦目,体会幸福。

更令本土澳大利亚人感兴趣的,还有《园世入门》(*ABC Gardening*)杂志的金铁锹奖。年度最好的园丁,不仅能得到象征有种植本领的小金铁锹,更能得到 3500 澳元(约合人民币 16 712 元)的奖励。

亚洲之中国

现在，北京的春天该很美丽了。

我们楼下有个公园，有万紫千红的春天，爸爸每天都会背相机去那里。

爸爸刚走的那段时间，

我妈说："我都不敢去那公园，去菜市场，

都是从外面马路绕过去。我一经过那里，就仿佛看到你爸爸。"

夕颜

去长白山西坡的高山花园，很多人会找个向导。我没有，因而迷路了。

小鹤也是。

满山无人。

我们第二次路遇时开始搭话，一起走。

这时候天下起了大雨。

"真要命。旅途中最沮丧的就是遇到这个。"

"你还小。我遇到过飞机迫降、被持枪抢劫、车祸、战争。"

"姐姐，你的生活真丰富。"

"你怎么一个人来，也不请向导？"

"我想单独一个人，完成一个人的遗愿。"小鹤阳光灿烂的脸上闪过一丝阴云。

沉默了一会儿，他给我讲了下面的故事。

他今年20岁，是北京男孩。他18岁的那年暑假，和一个哥们儿去云南旅行。旅程无聊，他就从卧铺车厢走到了卧铺和硬座车厢的连接处。

他看到一个漂亮女孩站在那里，随口就叫了声："美女。"

那姑娘也不羞涩，轻启朱唇说："帅哥。"

两人交谈甚欢。大约过了一个小时，他说："你硬座坐着不累吗？去我那睡一会儿吧。"

她就真的去了，真在他的中铺睡着了。

她醒来时，看到他站在床头，凝望着她。他们对对方展露笑容，然后开始接吻。

他说到这里时，我心想，哇，90后，太开放了吧。

"原谅我一见面就喜欢上你。"他说。

她说："也请原谅我。"

她决定改变行程，和他们一起去云南。他们一路手拉手，他的哥们儿在旁边仰天吹口哨。

从云南回来，他哥们儿回北京了。他和她回到她老家义乌。她家是做小百货批发的，满屋子刺鼻的味道。他待了5分钟，就借故拉她出来。

他们去华溪森林公园露营。

长白山花丛

傍晚时，他看到牵牛花开放。

"好奇怪啊，"他说，"我们北方，牵牛花都是早上开，不到中午就凋零了。你们这里，怎么晚上开？"

"如果说牵牛花是朝颜花，那么夕颜花只在晚上开，也叫月光花。"

那晚月色很美。他们在美妙的月色下欣赏美丽的夕颜花。

他们聊了很多，不知何时睡着了。黎明醒来，看到夕颜花已经凋落。"悄然含英，又阒然零落。"他感慨万千。

她说夕颜花语是"永远的爱；易碎易逝的美好；暮光中永不散去的容颜；生命中永不丢失的温暖"。

他拉住她的手："你家商店的味道太大，一定有害健康。常年待着一定会生病。告诉你父母，别再经营这种廉价劣质的商品了。"

她淡定地说："他们经营了一辈子，怎么可能放手？"

她倒是不想重复父母的生活，所以家里让她考中专时她在地上打滚，坚持上了大学。她喜欢花，喜欢不太寻常的东西。

这时候，我和小鹤走到了梯子河畔的鸢尾花园。蓝紫色的鸢尾好像梦幻一般。我最喜欢溪荪，这鸢尾的变种，像一个个蓝色精灵。因为背景不是小花园，而是山林环绕的幽谷，整片整片，更加如梦似幻。

"她如果此时在，不知是怎样的欢喜。"小鹤说。

回校后，他们在 QQ 上联系，也打电话。

快到暑假时，她说想去长白山。他说爸爸妈妈要带他去美国选学校。

他还是赶去义乌看了她，给她带了盆快开花的龙舌兰。

"你不是喜欢花，喜欢特别的东西吗？这龙舌兰 60 年才开一次花。"

她说："我不要。"

他生气了："我可是从北京弄来的啊。怕坐火车弄坏，我特意让我爸的司机开车带来的。"

他回去后，她在 QQ 上告诉他：从前，有一对相爱的男女。男孩有事要出远门，送了女孩一盆龙舌兰，告诉她说"等这花开了，我就回来了"。女孩知道这花 60 年一开，知道等待没什么结果，但她还是接过了花。龙舌兰的花语是"为爱付出一切代价"，也暗指"惜别、离别之痛"。

"我们不会的，"小鹤告诉她，"我这花，是马上要开的。这世纪植物，会见证我们永恒的爱情。"

没多久，龙舌兰开花了。这个 60 年才开一次的花，是世界上最长的花序，浅黄色的铃状花达数百朵。她把照片给他传过去，他非常高兴。他不知道的是，这花一生只开一次，开花后植株即会枯死。

讲到这里，他半天没有说话。

"后来你去美国留学，就再也没见过这姑娘？"我大胆猜测。

他摇头，"她骨髓化生不良症候群急转白血病，半年就去世了。"

得病后，她又一次说想去长白山。但家里为了给她治病，一直拖着没去。

他沉浸在往事里，没有注意到出现在我们面前的空中花园。

大自然是这般神奇。这里的高山苔原一年 12 个月中 9 个月被冰雪覆盖。这里的植被，调整出自己的四季。7 月、8 月无霜期，它们以令人难以置信的速度发芽，开花，结籽，然后开始休眠。现在的 7 月，还有接下来的 8 月，从海拔 2000 米的山坡一直开到山顶，好像花仙子施了魔法一样。整个高山铺上了花毯，群芳争艳，美不胜收。

"网上说，人们认为这里是神仙活动之地，故称作天堂里的花园、天使散步的地方。果然。"他神色转暗淡，"可惜，她看不到了。她 19 岁就离开了人世。想起她，我就想起那夕颜花。美丽，却盛开得那么短暂。"

"她已经把最美的时光给你，没有什么遗憾了。"

"我们一起在网上看过高山花园的照片。我还是想看晴天里的景色。"

大雨早停了。但远处还笼罩着轻烟。

"阴雨天也有不同的景致。"我说，"最近几年，北京开始种凤尾兰了，它是龙舌兰的一种。这种植物古老而神奇。相传凤凰涅槃失败后，还没有合适的身体，就寄存在一棵植物上。而后它破土而出，开出了迎着风舞动的凤尾兰。因此，龙舌兰还有一个花语叫'盛开的希望'。我们都在遗失里成长。你好好地生活，这该是她希望的。"

蝴蝶翩翩，蜜蜂嗡嗡。在我们有限的生命里，忘情地活过，就是幸福了。

闻到花香

愿你回忆童年时，

在西印度群岛时，我在一个高尔夫球场住过很久。

"植物种得这么多，简直就是一个植物园。"一个中国同胞说，"每天，我都带孩子去捡满满一篮子玉兰花。"

这高尔夫球场，该没有我不认识的花，哪里有玉兰花？热带应该没有吧。问了半天，原来是鸡蛋花。我本以为人人都认识鸡蛋花呢。

有一天，她孩子蹦蹦跳跳地过来，手拿红色的西非荔枝果。孩子才3岁，什么都往嘴里送。这果子没裂开口时，毒性很强。我让孩子赶紧扔掉。

我给他们讲了院子里哪些花、果有毒。

同是北方长大的她说："我最怕夹竹桃了。"说了很多夹竹桃后，她道："夹竹桃是哪个，我还不知道。"

我闺女千容告诉了她。

有个花痴妈妈总给她讲花，5岁的千容认识的植物很多。

蓝花藤开了。没多久，又开了。串串蓝紫色的花，让我回想起北京初夏的紫藤。

马樱丹，我闻着香，千容却闻着臭。

"不行，我得赶紧再放些香的。"她说着，把红色的鸡蛋花放进小提篮，那是她的"鼻香器"。红边黄心的鸡蛋花，和白边黄心的鸡蛋花，虽然都香，味道却不一样。

马樱丹

盖格树的橙红色花朵落满地。刚开始我惜这落花，还去收集，回来给千容下"花瓣雨"。

我最喜欢网球场旁的那棵盖格树。我坐在小山坡上，看千容打网球。下午的微风一过，片片橙红花落地。

高尔夫球场离海边很近，海边也有棵盖格树。我最喜欢的是它青白色的果子，香味让我迷醉。可那盖格树在一个垃圾箱旁边，我每次去闻，都会想到这点。又不是只有这里有这树，这是何必呢？虽然垃圾箱没什么味，怎奈我有洁癖。可是为了花，我也不顾了。

风铃木的粉色喇叭形花朵，则要从更高的树上落下。飘飘忽忽，如梦一般。

我们在酸角树下捡酸角。千容边捡边吃，有时酸得舌头吐出来，可还接着吃。隔片大草地，是高尔夫球场的物业管理处。捡完酸角，我有时带千容去那里吃冰激凌。

我们在凤凰树下面找它的种子，做成千容眼里的"工艺品"。

不知从哪里学的，千容把龙船花的花蕊轻轻抽出，一个个相连，做项链、手镯和戒指。

不仅高尔夫球场，整个岛上都繁花似锦。因为花太多了吧，这里的人没有"偷花"的概念。每年圣母玛丽亚诞生那天，很多学校的学生都需要带花去学校。大家基本不是买的，都是从房前屋后拿的。老师就是这样告诉他们的。

不仅花，这里的果子，也有"谁摘了是谁的"的风俗。

常见男人拿着工具，各处去打杧果。

也有各处去摘椰子的。

有一个院子，里面的莲雾长得那么大。我在世界各地走，也没见过这么大的。经常有个穷汉过来摘。后来主人一气，把莲雾树砍了。在西印度群岛待了好几年，这是唯一的例外。其他家都是"摘就摘吧"。

我虽不是每天散步，但记忆力好，高尔夫球场每个角落有什么植物，我基本知晓。

离我们最近的停车场，有棋盘脚。它的果实呈陀螺形，有 4 个棱角。虽然体积大，却是由纤维质和软木质组成，不仅轻还能漂浮。棋盘脚树属于海岸树，它的种子随水四处传播。

孩子们特别喜欢拿这些大果子来玩。它落地就成几瓣了，完整的很少。有时有孩子捡到一整个，会高兴半天。

玉蕊科的棋盘脚花美浓香，却是夜花，花朵从傍晚一直开到清晨。

从我的房间望出去，有棵依兰树。它绿白色的花不显眼，但非常香又叫香水树。著名的香奈儿 5 号就是从它里面提炼出来的。

千容喜欢游泳。她游泳时，我在泳池边坐着。白边黄心的鸡蛋花有时会缓缓落下。

我对大的花、艳丽的花不感兴趣。所以各色朱槿，我不太会驻足细看。那一树粉色的粉扇花，也至多看那么几眼。

泳池边有蓝雪花，那是我喜欢的。

泳池边有个二层平台，从上面垂下好多爆竹花。红色的花，是蜂鸟喜欢的。有只蜂鸟，每天下午光临。黄背黄腹的蕉森莺也爱流连此地。

有时千容撒娇，一定要坐在我腿上弹钢琴。

对开的大门开着，大草地上一棵老黄铜树几十米高，枝繁叶茂，有种顶天立地

夜晚的棋盘脚

朱槿　　　　　　　　　　　　蓝雪花

的感觉。我想象中，是一个老者。谁想到这么高大的树还能开花啊。在5月，它竟然不甘寂寞，开出满树的黄色花朵。

房门的左边，是金露花。紫色的小花，也是蜂鸟喜欢的。下午三四点，从屋里总能看到蜂鸟悬停在那里。等你急忙出了门，它通常就后退着飞走了。

与金露花隔那么七八米，草地上秀挺地站着一棵非洲郁金香树。初见这树，是在一个酒店的草地上。我本来对艳丽的花不感兴趣，可这橙红色的花朵太别致了。我拍了好久地上的落花，这才抬头，看这花到底开在何处。

我没有想到的是，在我的房门前，就有这树。只是它没开花时，我不认识它。是不是也有一些人，他装扮成别的面目时，你不晓得？

正对着房门的花圃里，沙漠玫瑰开得灼灼。

房门右边，各色三角梅在每家门前吐艳。

这片白色房子之后，有片树林。榕树高大，"大胡子"几乎垂到地面。千容有时爬到树上，下来时，抓住"大胡子"荡来荡去，假装自己是长发公主。

打高尔夫球的人来了，我们赶紧藏身到榕树的树洞里。高尔夫球场，就这点不好。听物业的人说，有一年，就有个男人被高尔夫球打死了。有天我在门前的摇椅上看书，一个高尔夫球擦着我的耳边飞过，把我的魂儿都吓飞了。不过要是没有高尔夫球场，哪里能享受这么一大片绿地，这植物园一样的花草？凡事都有利弊。

我们也玩白雪公主的游戏。我假装是猎人："白雪公主，王后要杀你，跑到森林里去吧。再也别回来。"

"谢谢你。"千容说，就假装在森林里奔跑。渴了，假装捧起水喝；饿了，摘野果吃。

猴子酸角树，开黄色的花朵，果实为长棍形状。打开，里面竟然能吃，有些龟苓膏的味道。因为猴子爱吃，所以叫猴子酸角树。

我们在羊蹄甲花树下流连。用羊蹄甲对折的叶子，包住桃红色的花，做成"卷饼"。

西非荔枝的果子又红了……

千容弹着《红场进行曲》。不知道长大后，她还会记得这些时刻吗？

千容喜欢骑滑板车。有时下午，我陪她一直骑到高尔夫球场的大门。然后，再去高尔夫球场的另一边。那里我们几乎不去，偶尔去，感觉像出门旅行。柠檬树结了那么多果子，我们在地下就捡了四五十个。

4只公鸡，站在二楼那么高的树上。"妈妈，你不是说鸡不会飞吗？那么高，它们是跳上去的？"

这片小区的尽头，是个山崖。山崖下有个游泳池，想象在这里游泳是什么感觉。

回去时，千容耍赖，自己不骑，让我推着她走。这把我累的。

我们在草地上歇息。千容自己创作一曲草地之歌，然后没什么缘由地笑倒在草地上。

她开始翻跟斗。我说："要么别骑滑板车了。你翻着跟头，一直翻到家如何？"

她说好，就开始翻起来。那里离我们住的地方，骑滑板车还得15分钟。翻过去，不是累死孩子？我指着前面第二栋白房子说："就当那里是我们家吧。"千容说："妈妈，你骗人。"

孩子毕竟只有5岁。我再说别的，她就忘记了这事。

对于我们在这里的生活，她长大后，又会记得多少？

我的童年，我又记得多少？

我从小生活在中国北方，半年冬天，春秋一闪而过。那时的人们，还在追求基本的生活保障，没有谈花论草的闲情逸致。记忆中，除了公园，没什么地方有花。按说，春天光临时，郊外也该有杏花桃花梨花开放，可真的没怎么见过。就记得每年清明给烈士扫墓时，我们自己用纸扎的小白花。姥姥给准备的午餐很好吃，但在陵园里吃，感觉有些异样。没有真花，只有冷涩的风刮过。

除了公园，花最多的地方，就是我家。我家的院子很大，一半是姥姥种的菜，一半是爸爸养的花。最多的是月季，品种多样。有一种，早上、中午、晚上，竟然是不同颜色；有一种，上面看是红色，下面看是黄色。至今记得它的名字：金背大红。我最喜欢香水月季，久久迷恋它的香。

爸爸还把3种颜色的杜鹃，嫁接在一棵树上。看得邻居啧啧称奇。

夏天傍晚，我守着夜来香，盯着它开放，竟然像电影的慢镜头一样。

院子里还有蜀葵，夹竹桃。夹竹桃虽然花、叶、树皮、种子都有毒，但我挺喜欢它的香味。

院门口，是黄色的刺槐……

爸爸也带我们去公园看花。有一次，铁树开花了，我们去看。大家都说铁树是千年开花。

我穿着绿色的毛线衣，梳着很傻的两条小辫。爸爸给我照相，他说："来，乐一个。怎么不乐？看前方，北京在等着你。"那时，我和家人一样，觉得我长大了，一定会去北京学习和工作。我们不知道的是，我的脚将会踩到地球的很多地方。

十几年环游世界，我去了数不清的植物园、花园。然后某天，我回去看我故乡的公园。那个公园很小，里面的花园，称得上寒酸。但我记得和爸爸妈妈来此的温暖情景。我更永远不会忘记，爸爸给我们的花园。它生机勃勃，在我的记忆里，四季常青，充满花香。

"你知道护城河吧。"爸爸问。

"我是这里长大的，当然知道。"

爸爸得意地说："这几年，沿着护城河，建起了一个绿化带，里面什么花都有，你赶紧去看看吧。"

人的行为，和年代、年纪都有关系。

如果现在我给 10 个人寄树叶，有人会感动，有人会惊异，有人会想"她是不是对我有意思"，大部分的人会想"她有病吧"？

也是出于这样的考虑，我现在不给人寄这样的东西，除非有人专门要求。

如果时光回到大学时代，则完全不同。

我刚到北京念大学时，和很多高中同学通信。因为北京的红叶出名，所以秋游香山时，便采了很多，随信给同学寄去。

现在的很多人，不知是被快节奏弄的，还是怎么，很多基本的礼仪都不懂了。比如跟我要海外明信片，我寄了，他收了，却一点音信也没有。丝毫不管你得在旅途中抽出时间，特意去选明信片，考虑写什么，写好，再去邮局邮寄。

去年，我寄出几十张在泰国免费吃住行游玩 5 天的金卡，很多收到的人也不吭一声。谢谢倒是不用说，起码该让我知道你收到了吧。

当年，收到我红叶的同学，都会有所表示。小小红叶，传递着我们的友情。

暑假我回老家，给大学同学写信。我爸爸养了很多植物，我觉得很多同学可能没见过天门冬的红果子，就随信给他们寄。

也有喜欢我的男生，给我寄南国的红豆。在精美的贺卡上，他用红豆拼出漂亮的图案。在我眼里，这比钻石还珍贵。

虽然多年后，我得知这红豆有剧毒。但这份情意，却一直记得。

前不久，我在圣文森特和格林纳丁斯的山林里穿行，导游捡了几颗红豆给我。"这没有毒？"他说没有啊，很多人都捡。虽然他一直生活在山里，可业余研究植物10多年的我，更确定这叫鸡母珠的红黑相间的漂亮果子有剧毒。在当地，人们叫它"魔鬼的眼睛"。

即便如此，我还是高兴地接过红豆。

大学的第二任班主任，高大英俊，比我们大5岁。

有一年暑假，好几个同学和这老师约了去内蒙古草原。黄昏落日之时，他们坐在沙丘上，感觉好有诗情画意。这时候，他感慨说："可惜艺嘉不在。"

有一次班会，他说："我们班有好几个诗人，就我个人来说，我最喜欢洛艺嘉的诗。"他拿出一个精美的大本子，"我送她一个本子，祝愿她新年写出更多的好诗。"

我写诗的本子也拿给他看。他看完，用透明胶带仔细地把我那些散页粘好。

这本子我给很多人看。有个男生，看完在上面题了一首诗，又在上面粘了片漂亮的银杏叶。

有几个中午，我们宿舍集体不睡午觉，看我的诗。窗户开着，丁香花的香味一阵阵飘来。

那些青春岁月，那些朴素、真挚的情谊。

好朋友叶奇事看了一篇写沙漠玫瑰的散文。之后告诉我："洛姐，我很想要沙漠玫瑰，国内找不到。你能想办法帮我找到吗？"后来，在我住的地方，大门口就有沙漠玫瑰。但叶奇事向我开口时，那美丽的花还藏身，等待我去发现。我留心观察后找到了，折了干枝，仔细处理好，给他带回国。虽然很多国家不允许植物"进出口"，但我这人，情谊大于原则。

物以类聚，法籍基因学家范姿，得知我钟爱柠檬草，就给我带来了。我还担心这东西在北京不能活，结果它长势旺盛。一次招待朋友后，它枯萎，死了。闺密雯听说后骂我："你说你那么实在干什么？掐几片叶子给他们煮水喝就得了，你还把叶子全掐光了。你掐光，也得等我去的时候啊。"

最近有个在微信上说过两句话的朋友，让我收集花的种子给他带回国。我以为他像我一样，是个爱好者。我飞速地想了一下哪些植物的种子好捡，准备冒着被查

沙漠玫瑰

的风险，给他带回去一些。我马上想到了凤凰树，遂告诉他。他说："你能给我介绍一下这花吗？"

我手里有几篇稿子同时被催。我又实在，不想三言两语介绍完。正纠结呢，那边突然说："我家乡很穷，我要养花致富。"然而这个可不行。

"兰花怎么样？"他说。这准备致富的批量，我怎么办到呢？而且他在北方，冬天零下 20 多摄氏度，又没钱弄大棚。

后来他也没再接着找我。

人的行为，都和环境、民族习性有关。

在大街上走，如果过来一个陌生人送你一枝花，你要么会觉得这人有病，要么会觉得别有用心。

在其他国家，则不是这样。

早年在海外行走时，人还算青春靓丽。那时独自旅行的中国人很少，加上我每天笑容满面，到哪里都受人欢迎，经常能收到莫名其妙的礼物。

在荷兰，一个小男孩送我郁金香花球。

在阿尔及利亚，有天我去使馆办事，然后和一个中国人一起走。经过一个小花园时，迎面过来几个姑娘，对我说："你真是太美了。"然后，她们摘了几朵花送我。

"怎么不送我？我不漂亮吗？"同行的中国人问。

姑娘们说："你也漂亮。"

"那为什么不送我？"

姑娘们笑而不语。

那人竟然气愤了。姑娘们走后，他告诉我："你这样的，北京满大街都是。"

我说："是是是。"

在利比亚街头，一个男人送我一枝玫瑰。我在外面行走，身边没有水，太阳又这么大，这玫瑰死了多可惜啊。我环顾四周，把玫瑰转送一个漂亮女孩。

在突尼斯时，我和艾米娜姐妹俩整天待在一起。她们一个 18 岁，一个 15 岁，美若天仙。有一天，在海边，一个英俊的陌生男生举着一枝玫瑰向我们走来。

我实在是接受了太多这样的礼物，我微笑着，伸出手去。

你知道接下来发生什么了吗？

那男生十分抱歉地对我说"对不起，这花不是给你的。"然后把花递给艾米娜。

文章写到这里，我想起林老碗。她拿着那么漂亮的一束花，站在我家门口。

我也喜欢送别人花，去做客时，也经常这样。

送人鲜花，手留余香。

闺密雯讲过一个男人。"他每次见我，都会带给我一枝玫瑰。花色一般，一看就不是花店而是街头买的，我觉得他很小气。可是，他每次都给我带。在北京街头，一个大男人拿枝玫瑰，还是需要勇气吧。有时我很感动，可大多时候，还很世俗。我想：你条件一点不比我强，比我还大那么多，离过婚。他也知道我们之间的差距吧，所以从未用言语表达过，就只是送我花。我最喜欢那个电视剧了，有个男孩喜欢一个女孩，就在她家门口种满了她喜欢的花。"

我没看过这部电视剧，不知道具体情况。影视剧里，并不用考虑现实问题。你在她家门口种花，不影响人家的规划？她家人同意吗？而且在她眼皮子底下做这

艾米娜姐妹

事，她也没有惊喜啊。我更喜欢下面这个真实版的故事。

我认识的女孩慧，和我一样，非常喜欢花。她每提到一种喜欢的花，她男友都嘿嘿一笑，不说什么。两年后，男友把她带到一个地方。不是高档小区，交通也不怎么便利，一切都很一般。但其中有栋楼的一层，有个花园，是那么地引人注意。她在北京，从没见过那么漂亮的私家花园。而且花园里，全是她喜欢的花，她喜欢的前十种全在里面。

"我想把这花园送给你，你要吗？"

"这花都是你自己种的？"

"嗯。"男友说，"虽然之前没种过花，但我觉得只要带着爱，一切都很容易。我想让你每天醒来，都会看到鲜花微笑；而我每天醒来，都能看到你的笑脸。"

她觉得，她的梦想就在这里，别无其他。

二手宝

在我们老家，都习惯按一个男人的姓，把他们的媳妇叫作老某家，如老赵家、老王家等。

老周家的男人很喜欢男孩。他觉得老天总是顺自己的意，媳妇肚子里的一定是男孩无疑。结果生的是女孩，他郁闷了半年。

之后他重新燃起了希望，媳妇又怀孕了。

第二个还是女儿。

有的人觉得自己不喜欢女孩，但孩子一旦生下来，也就喜欢了。

老周家男人不是，他把喜欢寄托在第三胎上。

老天不遂他心意，第三胎还是女儿。

他不寄希望了，但他老婆还想试一试。

上天捉弄人，第四胎还是女儿。

"你养鸡，全是公鸡。你生孩子，全是女儿。"

他老婆还特别擅长养花。虽然花也分雌雄，但在多数人眼里，这并没什么意义。

这男人，都懒得给女儿起名了。"就叫周四吧。"

上天没给老周家儿子，却把美貌给了老周家姑娘们。4 个女儿中，周四最靓。

我和老周家住一个大院，一直和周四是同学。

我从小贪玩，又晚熟，没意识到周四漂亮。到了高二，我突然发现，周四简直就是一朵花，开在我们这些杂草中间。

按说，十五六岁，是人生中最好的岁月，人生花季，但我国的孩子，显然比外国孩子成熟得晚，又受限于教育体制，穿傻乎乎的校服，一心猛扎学业里。一个个青绿的小脸，根本没有花的样子，也就是一根根小葱。

我们那时的校服，四季就一套。夏天直接穿，冬天套棉袄棉裤穿。我和别的同学一样，没觉得有什么异样。但周四自己改校服。夏天，不再宽大的校服就把她玲珑的曲线勾勒了出来。

很多人都注意到了。包括校长。

校长在全校大会上批评了周四。如果光点名也就算了，校长把周四叫到了前面，当着全校师生的面，拿剪刀把她裤腿剪开了。

这是我们高中三年遇见的最出格的一件事。

我们都愣住了，呆在那里。

陈宇冲到前面去，他抢过校长的麦克风说："你这是侮辱人，你没有资格当校长。"

这之前，我们判定好学生的标准，除了学习好，就是规规矩矩。

这之前，我们从不知权威能够被挑战。我们身上的那些小刺，都被斩断，或被收拢，老老实实，从不出格。

当然，这挑战的结果必须自己承担。那会儿不是现在，那时候，校长是不能承认错误的。事情的结果是要陈宇写检讨，公开发表在校报上。

陈宇没写。他哥们儿吴鹏替他写的。陈宇知道后还跟吴鹏急了。但事已至此，也就这样了。

这之后，我们这个一直各方面先进的班里，出现了一对早恋者。自然是周四和陈宇。

乍然亮相在全校师生面前之前，陈宇已经是很多女生的暗恋对象。他学习好，帅，活泼，属于现在所说的亮瞎眼的那类。如果说他有什么缺点，那也正是他的优点：勇敢。

我们班上有十几个同学关系特别好，总在一起玩。

春天时，我们去看一个蓝色的瀑布。

忘忧草（萱草，黄花菜）

北方春来晚，但来了，也是生机勃勃。一年蓬，钻形紫苑，紫花地丁。虽然没什么名贵的花草，却健康青春。

我认识不少花草，一是跟我老爸学的，一是跟周四她妈。

周四也喜欢花，不知道名字的就问。

那是我俩第一次看到豌豆花，像个小鸟，像个小精灵。可是，这花叫什么？这时候，山里一个小伙子走过来。

如果我先开口，周四的命运可能会被改写，我怨恨自己时经常这么想。

周四和陈宇没有这个导火线，一定还有别的。陈宇的秉性就那样，他们早晚会出问题。我安慰自己时就这样想。

"你长得漂亮，别人愿意帮你。你去问吧。"

周四就过去问那花叫什么。

告诉名字后，小伙子采了一些花送给周四。

不巧的是，刚才不知跑到哪里去的陈宇，这时候出现了。

"平白无故他为什么送你花？你想想，你都做了什么？！"

"没什么啊。我就问他这是什么花。"

陈宇，总是不用一般的办法解决问题。他跑了。

我们凌晨3点出发，眼看下午两点就快到目的地了。你说这时候他一个人跑了，算怎么回事？

"一个16岁的小伙子，跑就跑呗。"

"咱们还接着玩吗？"

问题是，周四也紧跟着跑了。"他一冲动就容易出事，我得赶紧下山追他。"

一个女孩，荒郊野岭迷路怎么办？遇到坏人怎么办？按原计划，今晚我们要住在山里。陈宇和周四，就是再快，天黑之前也赶不回城里。

我们剩下的人，商量之后决定，不往前走了，去找他们俩。

后来我专业旅行，有些地方，虽然被一些事耽误，但也都去了。这蓝色瀑布，是我的旅行计划中唯一没有到达的目的地。

周四迷路了。

迷路之际，慌乱中，周四把脚崴了。

我们找到她时，她正坐在地上哭。

"来，我扶着你走。"一个男生说，将周四拉起来。

"来，我搀着你走一段。"一个男生说，将周四扶过来。

"来，我背你走吧。"吴鹏说。那是周四彼时最喜欢的话。

别的男生能给周四的，是一只手的助力。只有吴鹏，敢把她全部的重量，放在自己身上。班里的男生，吴鹏最高大。

这时候，我突然想到陈宇。吴鹏是陈宇最铁的哥们，该是替陈宇把负担担起来吧。就像替他写的那个检讨书一样。

周四在他宽厚的背上，觉得踏实，值得信赖？她这时是怎么想陈宇的？

"洛艺嘉，那是什么花啊？"

那悬崖边上的花我也不认识。

吴鹏将周四放下，走过去，摘下了这花。

这和他是否高大没有关系了。

这时候，和陈宇好像也没什么关系了吧。

"你为了周四，命都不要了？"几个男生说。

很多人以为，这次郊游回去，周四能和吴鹏成为一对。但大家迟迟没有等来这个消息。

陈宇如愿，考到了北大。吴鹏考到了东北师大。周四考上了吉林大学。东北师大和吉林大学，都在长春。

我们班有4个同学在东北师大，他们可以做证，周四一直没有和吴鹏谈恋爱，直到陈宇退学。

那是我第一次听说退学，想象如果是自己，一定是天要塌了的感觉吧。在我们这个"上大学只是手续问题"的省重点高中，我和大多数人一样，从没想过生活还有另外的路。

周四说："你学习那么好，明年再考，一样能行。"

陈宇说："我为什么一定要再考大学？"

周四说："你不考大学也没关系，我不计较这个。我一毕业，咱们就结婚。"

陈宇说："我为什么一定要和你结婚？"

周四突然觉得，有一种悲伤，接受不了任何劝慰。周四突然觉得，他很可怕，什么样的事情都做得出来。突然她感觉太累了。突然她觉得被别人取悦，劝慰很舒服。突然她怀疑，她和陈宇之间有着天然、无法逾越的鸿沟。她并不了解他，不能把握他。她开始有放弃陈宇的想法。

周四和我，和大多数人一样，都属于俗人，同属常规的认知体系，认同普世价值，会为世俗的成功吸引。如果陌生人有惊人的举动，也会叫好。

谁的周围都有这样的人，率性行事，任意而为。

结果当然得自己承受，因为老天公平。陈宇第二年没考大学。后来他去了南方，和我们班任何同学都再无往来。他肆意挥霍青春，把周四丢了。

吴鹏说："我觉得陈宇不如我，要不，你跟我吧。我很纯洁，在你之前，都没和别的女孩拉过手。"

周四就和吴鹏好了。

在我们眼里，吴鹏属于掉人堆里都找不到的那种，长相一般，沉默寡言，天生属于备胎。

意外情况发生，备胎冲到一线也是正常。但在我们眼里，确实有点委屈校花周四了。

吴鹏他妈不这么想，在她眼里，她的独子天下第一。她觉得周四配不上，人家当然也有理由。"首先她谈过男朋友。你想想，你们班有几个人谈过对象？这年纪就弄这个的，能是好人吗？"

"你的意思我也不是好人了？"

"你一直是好孩子，正在被她带坏。她和她男朋友闹得沸沸扬扬，众所周知，这样一个二手货，你为什么要捡？"

"你以后再提二手货，我跟你急啊。"

"看到没，狐狸精改变我儿子了。你以前什么时候和我急过？不是妈说你，长得太漂亮的女孩，基本上不是过日子的。你根本把握不了她。谈过恋爱，不纯洁了。被校长剪过裤腿，丢人。你说她哪点好啊？她还是你哥们儿的女朋友，你以后准备怎么和陈宇处？"

吴鹏只在最后这点上犹豫，但周四能让他冲破一切。

"你上次背她，回来累得发烧了。我听说你为她摘花，还差点掉下悬崖。我看，你这小命，早晚得交待在她手上。"

吴鹏他妈所担心的，不是多余。

大三暑假，我们骑车远行。刚上路没多久，周四的自行车坏了。吴鹏没有陪周四打道回府，他骑车带着周四，接着走。

以前我们不知，人高马大的吴鹏，因为从小到大一直被妈妈宠爱娇惯，锻炼很少，体质并不强。这一累，气胸了，气泡竟然坏了，居然住院了。以前我们还真不知，身体里还有气泡这东西。

吴鹏气泡坏了。吴鹏他妈气坏了。"我看这狐狸精，就是来索你的命的。"

周四已经意识到吴鹏难能可贵，而吴鹏他妈这关必须得过。

有一次暑假去山里，她看到萱草。这是献给母亲的花，她带回去。

吴鹏他妈没接，吴鹏接了过去。

"我也顺便采了一些金针。这对预防老年人智力衰退，效果非常好。"

"我才40多岁，你以为我很老了是吧？"

吴鹏赶紧说："妈，都是你吓的，周四才词不达意。"

周四赶紧改口："日本保健专家列举的8种健脑食物中，居首位者便是这个。"

吴鹏他妈的脸色正了过来："你别看咱总用黄花菜打卤，这新鲜的黄花菜，我

鸭跖草

还真没见过。"

我前面说过，周四她妈对花草很有研究。耳濡目染，周四也学了不少。但她毕竟小，一知半解，她知道那是新鲜的黄花菜，但她不知世界上不是所有新鲜的都是最好的，都是能直接生吃的。鲜黄花菜含有秋水仙碱，食用后会引起咽喉发干、呕吐、恶心等。新鲜黄花菜一定要经过蒸煮。

周四没说这点，吴鹏他家吃完了，都吐了。歇菜了。

但人心日久见。吴鹏他妈最后终于同意了。

大学一毕业，周四就和吴鹏结婚了。

他们婚后第五年，我去过他们家一次。

吴鹏正给花盆喷水，然后把花盆放到书橱上。

"鸭跖草喜湿。"他说。

我想的却是：在正常的比例下，这花一点也不起眼。但缩小它的背景，它既潇洒自如，又观赏性十足。就跟吴鹏一样。

它的名字也太平常。当然，它也有另外的好听的名字，竹叶兰。

他挣钱，她花。

他买花，她赏。

他做饭，她吃。

一直如此。他们至今，还是班上最幸福的一对。

周四在微信朋友圈说："谢谢老公给我买的宝马。"图片中，周四微笑着靠着崭新的宝马车。

周四在朋友圈说："劳动节，看看我家的劳动者。"图片中，吴鹏在擀面条。

周四在朋友圈说："看看，像不像我大叔。"图片中，两人的年纪看起来真像相差 15 岁。

周四游完欧洲玩美国，最近又拉班上的一个女生去中国宝岛台湾了。她们把路上的图片传到我们班的群里。周四的身材还如少女一般，梳着两条小辫子。

一个女生对吴鹏说："周四一走，你也不用每天翻着花样给她做吃的了。趁她不在，你有什么不满，今天就都说说吧。"

吴鹏说："我不敢说她坏话，怕她回来揍我。"然后他 @ 周四："这群人中，就周四你最漂亮。"

吴鹏他妈重男轻女，周四给他家生了个儿子。

周四她爸现在不重男轻女了。

"那些有儿子的，没一个比我幸福。"老周说，"最幸福的男人，就是有 4 个女儿的。"

书时，你已不在我为你写下这本

2001 年，爸爸桑芦被确诊为肺癌晚期，沈阳的医院说没有手术的必要了。当时我正在日本，因为工作，没法立刻回来。"爸爸就要不在了。"这样的念头经常蹦出来，我痛苦，恐慌。每天给爸爸打电话，动员他赶紧去北京治疗，我这边马上联系医院。他把医生的话又跟我重复一遍，说"国际长途贵，你也别再打电话了"。

我坚韧不拔，爸爸终于到北京了。

他最怕麻烦别人，家里人也不例外。我说去火车站接他，他说自己打车过来。我善于坚持。结果，我按他告诉我的时间去火车站，才发现根本没有那个时间到的车。我正狐疑呢，爸爸从车站休息室出来。原来，他的车凌晨就到了，就是不忍心我早起。

手术前，我和弟弟陪爸爸去了趟香山。那是他要求的。

癌症治疗是个漫长的过程，妈妈又不会照顾人，于是我从单位请了长假，专门照顾爸爸。

手术后，又做了放疗，桑芦恢复得很好。平地走都没有问题，就怕登高。那时我住南城，二楼，他都不能一口气上去。我妈吓唬他，经常这么说："再不听话，就让你走过街天桥。"

爸爸身体康复后，我回到单位。领导告诉我，"你的岗位有人了。"

因为这事，更因爸爸突然得病让我觉得人生无常。那些你想做的，以后不一定有机会了，我开始准备把周游世界的梦想提前实现。

我出门远行后，爸爸也开始了新的人生。他把手术后的那天，称作自己出生的第一天。

他去几个摄影论坛，没多久当上了版主，还入选浮光掠影论坛当年最优秀的5个版主之一。

他在老家组织老年合唱团，又编又导又唱，电视台都去录像了。

他当选市绿化委员会的副主任。

他撰文给古迹开发献计献策。

他最愿意做的，就是照相。每天背个相机，到处给人拍照，给那些没有条件看数码产品的人，免费冲印照片。有些人开始叫他"老照"。

他最愿意照花。北方花季短，品种少，可是一朵牵牛花，也让他照得风采卓然，千姿百态。看到小小的鸭跖草，他也会惊喜半天。

因为爱花研究花有几十年了，他在一个网站还主持编撰花卉字典，介绍各种花的形态习性。

我说："爸，要拍花，你到北京啊。北京的花多啊。"

爸爸说："你不在北京，我去干吗？"

我在外面行走的第三年，爸爸去台湾旅行了，还作为他们旅行团的团长。

2006年，我看爸爸的身体确实不错，就带他去了非洲。

非洲的花那么多，爸爸拍得这个过瘾。

他什么花都喜欢，有时见路边开着不知名的小花，他喊："停车，停车，赶紧停啊。"

出门旅行，我和别人搭伴的时候不多。我信马由缰速度慢，一看到花，就走不动路。有时拍一朵花，就得二十几分钟。我这样行动，谁都懒得与我同行。

我爸爸除外。

我们在野地，在公园，度过幸福的时光。

有时，一个街心小公园我们就能玩一个上午。我们谁也不催谁，那么和谐。

除了花，爸爸有时也把我赏花、拍花的照片放到网上。

男女的审美不同，又是两代人，我不满："那么丑的照片你为什么放到网上？"

爸爸生气了:"你的艺术修养,应该不是这样啊。"后来我也懒得管了,愿意发什么就发什么吧,只要他高兴就好。

2010年,我在国内住过一年。那年,爸爸妈妈搬来北京。我不上班有大把时间,我陪爸爸转遍了北京各大公园。

在国际鲜花港,看到成片成片的格桑花,爸爸说:"我一辈子都梦想看到这么一大片盛开的格桑花。"

在植物园,爸爸说:"我想看到的,就是这样的菊花展。"

2012年夏天,我回国。先生要带女儿去厦门玩,我带上了爸爸妈妈。

先生常年在国外工作,度假也是外国人那种:在一个地方待很久。一日五游那样的,他受不了,"我们就在鼓浪屿待着。"

有理解你的家人,是你最好的后盾。先生说:"女儿交给我,你自由。"

有了孩子后,顿觉自由更可贵。这有了自由,我准备好好陪陪爸妈。可这时,爸爸已经跟不上一般人的脚步了。他借故自己拍照花费时间,不跟我们一起走。

后来他跟我说:"我背着相机,东瞧西看,谁也不知道我走得慢是身体的原因。其实我走一段就得停下来,喘一会儿,才有劲。"

我和妈妈都知道,只是我们都不说,故意给他自由。

爸爸知道我爱花,有时发现了"珍宝",就赶紧给我打电话。

"你在房间吗?赶紧下来。出门向左拐。这里有个花园,有种花,开得那叫绝。快点来啊!"

我们住的地方,离舒婷的旧居不远。爸爸说的那个地方,是褚家园咖啡馆。里面的花园确实不错。

"我觉得它应该是朱槿,可跟以往见过的不同。"

它的花朵如吊灯般下垂,花瓣纤细精巧,向后反卷。我也不认识,过了好久才知道,这花叫裂瓣朱槿,又被称为"拱手花篮"。

有时,我和爸爸也在外面偶遇。"桑芦,在拍花呢。"

"哎哟,洛艺嘉也来了。"

我们互相打趣。

急雨来了,我们离开凤凰树,去屋檐下避雨。

岛上待了一周,实在腻了。经我劝说,先生同意去厦门别的地方转转。

褚家园

黄花夹竹桃

裂瓣朱槿

我们有半天时间在植物园。

厦门植物园，是国内最好的植物园之一，又建在山上，非常有特色。这样的地方，虽有汽车送达，但对爸爸来说，还是很艰苦。尤其是，他那时已接近生命的终点。

有个景区，下车后要走很远。但我和爸爸都想看，先生就陪我们过去。我妈去南普陀寺拜佛去了，我们回鼓浪屿之前去接她就行了。

先生抱着两岁的孩子说："你们走吧。我抱着孩子，能走多远就走多远。"

我和爸爸接着往前走。

走了有10分钟，爸爸说："你先走吧。"

我说："你如果不看，我也不看了，咱们往回走吧。"

爸爸笑了："我一定能走到那里的。"

"那我陪你。"

"这一路没什么花，你陪我不是干陪？你早到那里，早去看啊。"

"看多少无所谓。"

"这汽车不是随时有，得等好久；下山也需要时间；去南普陀寺晚了，还怕你妈着急。时间实在有限。我这速度，你陪我，不是瞎耽误工夫吗？你跟我一起，到了那里就得转身了。"

我还想坚持，可爸爸急了："傻子，你赶紧走啊。"

爸爸很慢。我逛完了这花园，准备走时，他才赶到。

我走到汽车站，发现先生就在那里陪女儿玩呢。他们根本没往这个园区走，到这里来是彻头彻尾陪我们。

大家都说，癌症如果熬过了10年，就没什么问题了。我们这么相信，也就大意了。

爸爸要跟摄影团去坝上草原。我总是鼓励他，丝毫没想到坝上草原那高度，对他不完整的肺来说是致命的。

身体不好，加上摄影团每天凌晨三四点起，他一下子觉得吃力了。可他又不愿意拖累别人，一直没说。

和他同屋的，是摄影团的指导老师，他有个习惯：必须开灯睡觉。这一开灯，反倒救了爸爸。"你这是怎么了？脸是紫色的。"他赶紧叫了救护车。

南普陀寺里的鲜花

我和弟弟接到通知，等候在北辰桥边。

被搀扶下来的爸爸，背着氧气袋。

坝上之后，爸爸的身体状况急转直下。但他还是去看花，哪里花开都去。

我们去元大都遗址公园看海棠。一起到了那儿之后，他说："你们看完就回家吧，别等我了。"

我担心，想陪他。他说："傻子，你有孩子，有自己的事，你不能分分秒秒陪我。生死有命，不用担心。"

我爸爸是 12 岁那年走的。

当初被医生判了死刑的他，多姿多彩地活了 12 年。其间还上了一些报纸杂志，包括《时尚旅游》。

其实，癌细胞一直在他身体里。

手术后大约半年，我陪他去沈阳复查。结果出来后，医生把他留在走廊，让我进办公室。我进去前，爸爸拉着我的手说："闺女，不管有什么事，你一定不要害怕。"

医生说："你爸爸的身体里，还有癌细胞。"

我出来后，爸爸什么也没有问。他每天该干什么还干什么，开朗地笑。"癌症病人，有一半是被吓死的。"他说，"你一高兴，癌细胞就怕你。"又说，"癌细胞怎么了？和平相处呗。"他没有辜负活着的每一天。

厦门植物园

爸爸两袖清风，市政府办公室主任的他，存款只有5万多元，都是工资剩下的。也不是癌症治疗花去了他的钱。手术化疗等两万多元，大多能够报销；之后我甄选让他服用的参一，一个月1500元，是由我弟妹出的。他的相机和电脑，也是我弟妹给买的。

该办的事，我爸就会办，但从来不收礼。有一天，有人拿着10万元现金到我家。爸爸把盖完公章的那张纸拿出来："如果你要送钱，这事就不办了。"说着，准备把那张纸撕了，那人赶紧把钱收了起来。后来，那人知道我爸爱花，就送了他一

爸爸给拍的，田野遍开虞美人

盆蝴蝶兰。我爸收了，把买花的钱给了人家。

"你爸也不怎么用钱，剩下的钱应该比这个多啊。"有一天我妈嘟囔。

爸爸把一些钱给别人了。有上不起学的孩子，有患白血病的孩子。这是爸爸去世后，我在网上看到他们写的悼念文章知道的。

爸爸去世后，很多网友写东西纪念他。也有网站约我写，我写不下去，直到三年后的今天，才动笔。

现在，北京的春天该很美丽了。我们楼下有个公园，有万紫千红的春天，爸爸每天都会背着相机去那里。

爸爸刚走的那段时间，我妈说："我都不敢去那公园，去菜市场，都是从外面马路绕过去。我一经过那里，就仿佛看到你爸爸。"

我说："你真正爱一个人，他走多远，都仿佛在你身边。你如果看到我爸，就跟他打招呼。'嘿，桑芦，你现在好了，想走多快就走多快。'"

对 话 与 观 花

欣赏即可，

千万别动

家里有孩子，就会逼着妈妈懂得更多。金露花的球形果，金灿灿的，煞是可爱。但不能动，这果子有毒。

小时候家里种过夹竹桃，我很小就认识这花了。因为太熟悉，加上喜欢新奇的我，对它没有感觉。后来见它在沙漠旁也能旺盛开放，对它好感大增。被普遍种植的夹竹桃，花期长，花朵好看，却有毒。

我很喜欢黄蝉。它柔弱秀美，还是世界上少有的没有花心的花，也被叫作"好男人"。可这"好男人"碰不得，全株有毒。有一天一个女人觉得千容可爱，上去就摘了朵黄蝉送她。千容边躲边说："这花有毒。"

粉紫蝉花，通常要比黄蝉大些，比黄婵少见，更别具一格，看着就心生喜悦。可是，也别动。

沙漠玫瑰很神奇，以"复活"著名。一根干枝，也能重新长出艳丽的花朵。这花也叫天宝花。非洲的部落用它做剧毒，已经好几个世纪了。这植物含有乌本苷，大剂量使用，会使呼吸立刻停止。原产自非洲的这花，在西印度群岛经常可见。

原产自马达加斯加的铁海棠，也叫虎刺梅，圆形的小花很可爱。可这花全株有毒。白色汁液，毒性很强，碰到皮肤，会引起红肿。误食会引起口腔、咽喉水肿，可致癌。千万不能放在屋里。

铁海棠

金杯花

黄蝉

金露花的漂亮果子　　　　　　　粉紫蝉花

　　金钩吻，在中美洲经常可见。黄色喇叭状的小花，很是俏丽，也有茉莉般的清香。但这被称为"法国香水"的花，可没那么温柔浪漫，而是绝对碰不得的。全株含有多种生物碱，花与嫩叶毒性最强。

　　金杯花，属茄科，长得和它的名字很像，金黄色的，像杯子。花大，花形好，还不断散发出浓郁的奶油蛋糕香味。可茄科家的，基本不好惹，全株有毒，误吃其花叶，会瞳孔放大，手脚浮肿，产生幻觉。

　　曼陀罗，同样属于茄科。我最开始听说这名字，是因为读泰戈尔。不知为何，觉得这名字很浪漫。等我对植物的兴趣逐渐浓厚，学习后才知道，这植株高大、花朵硕大的美丽花，是有毒的。全株有毒，花、果毒性最强。华佗做手术用的麻醉药——麻沸散的主要成分便是它。

同一种植物，每个国家的人，赋予它不同的内涵。在中国，曼陀罗是佛教的圣灵之物，因为白色花，象征清净。谁要看到曼陀罗开花，将会是最幸福的人。在印度，这花是情欲之门的门环。而在西班牙，因这花常开在刑场附近而被视为恐怖、不吉。千万人中，只有一人，能看见花开。而谁看到了花开，他最爱的人将死于非命。因为是夜间开花，所以大家不会轻易看到曼陀罗开放。

我们常见的曼陀罗，多为白色或浅绿黄色，单瓣。紫色、重瓣的，很少见。她繁繁复复，像公主美丽的裙裾。这美丽的花，同样有毒。

孩子都喜欢种子。在植物园，千容经常捡种子。有一次，我忙着拍照没管她，她捡了很多。我一看是红豆，吓了一跳，让她赶紧扔掉。她不干，说前几天参加的那个展览，有个展台，项链手链等都是用种子做的，其中就有这种红豆。这事我记得，她说得没错。当时展台上确实有海红豆（种子全红）和相思子（种子红色带黑点）做的手链。

"你看吧，没事。人家还卖呢。有毒的人家怎么会卖？"

我正想着怎么回答，她又来了："'红豆生南国，春来发几枝，愿君多采撷，此物最相思。'如果有毒，那不应该让大家多摘啊。"

我一下子乐了，拍拍她说："相思子的种子有剧毒，一定不要吃。这样吧，我把你捡的包起来，回头放到玻璃瓶子里。你可以看，但不能摸。"

"我可以拿着瓶子玩吗？"

"可以。"

不处理好的话，爱情有剧毒。但这话对她来说还太早。我想起西印度群岛很多地方都能看见的一种粉色花朵。原产中美洲等地的这种蓼科藤蔓植物，常在田野里开成一片。粉色花朵很小，却很多，一个叠着一个。花未开时像少女喜欢的爱心桃，它的名字叫"甜蜜的枷锁"。

一个女孩从小到大，不知会遇到多少关口，但别着急，慢慢来。

"从离开植物妈妈的瞬间起，果实和种子就踏上了一条危险的旅程，只有少数种子能安全走完这条旅程，到遥远的地方开始新的生活……妈妈，你看我记得清楚吧。"

紫花曼陀罗的花

紫花曼陀罗的果

虽然小时候爸爸就养花，但品种就是北方常见的那么几种。我认识的大量花，还是在旅途中碰到的。我不耻下问，但因为语言的障碍，花的中文名字叫什么，就成了一个问题。

我在南非约翰内斯堡，听当地人说有个地方紫薇开得灿烂，就特意跑去。后来在南非行政首都比勒陀利亚，更是看到了 8 万棵紫薇同时盛开的壮观场面。这里的紫薇名气很大，每年花盛之际，新华社、《人民日报》都报道过，也是称它紫薇。这紫薇，不管树、花，怎么和在北京我从前认识的紫薇不一样呢？我一直想不明白，后来才知，它是紫薇科，正确的名字叫蓝花楹。

北非的春天，原野遍开一种绝美的红花。我问当地一个学植物的，她告诉我是罂粟。我当然信她啊。很长时间，我都以为那是罂粟。我在网上看很多人也这么叫它。后来偶然间和爸爸谈及这个，他大吃一惊，"别人不认识这花，还有情可原，你怎么还不认识？这是虞美人啊。"我上网一查，果然，那是罂粟科的虞美人。不过小名也叫田野罂粟、红罂粟。

有一天，在北非一处卖花的大园子里，我看到两种不认识的花，就去问。卖花的，当然应该认识花啊。人家也热心，帮我把名字写在我的记事本上。北非官方语言是法语，但老百姓说阿拉伯语。"这不是阿拉伯语吧？"我特意问了两遍，人家笑答不是。我又认识了两种花，高兴万分。结果回去查法语字典，在网上查，根本查不到。

比勒陀利亚的蓝花楹

虞美人

近似、类似的也根本没有。这两个名字，像神秘的微笑，一直存在我的本子里。

过了好几年，在一个南方朋友的微博里看到其中一种花："我们揪下这花上长的黄色果子，互相打。"我心里一喜，赶紧询问。结果，人家是见过，但也不知道名字。

植物园是我们认识植物最好的地方。大多植物也有标牌说明，但不知什么原因，立标牌的地方，有时并不是植物所在。在纽约植物园，与"加利福尼亚罂粟"标牌最近的是向日葵。尽管如此，我还是从植物园里学到了很多知识。比如在北非记下的那神秘的微笑，一个是金露花，一个是紫娇花。

我也买过很多关于植物的外文书，可翻译成中文，是个棘手的问题。羊蹄甲，人家叫"Orchid（兰花）Tree"；尾穗苋，人家叫"绒线绳花"；牵牛花，人家叫"早上的荣誉"；马樱丹，人家叫 Shrub（灌木）Verbena（这词又叫马鞭草，也叫美女樱）。

从此到彼，真是天壤之别。

好在这探索，不是漆黑一片，而是充满阳光和花香。

当我不认识它们时，就当它们是神秘的。

后来我慢慢知道了，敢情，与外国人名字和我们写法不同一样，这花的写法也不同。我们是先写这花的大名，然后再写什么科什么属。外国人先写是什么属，然后才是花名，然后什么科。比如马樱丹，Shrub Verbena（马鞭草属），Lantana Camara（马樱丹），Verben Aceac（马鞭草科）。

当然，这样的情况也不少。一输入 Crinum Zeylanicum，对不起，没有相应的中文翻译。它所属的 Milk and Wine Lily，也没有中文翻译。其中文名字是文殊兰，花姿优雅。

Geiger Tree，对不起，没有中文翻译，所属 Cordia Sebestena，破布木属。很长时间，我只能把这带皱的美丽橙红色花叫作盖格花，因为发现它的人叫盖格。终于有一天，在一个中文网页上，我看到了这花的踪影。

我做好了准备，迎接这花的正确名字。

盖格花，那是我从前对这花的称呼。现在，我终于要知道这花叫什么了。哦，仙枝花，这名字很美啊。

网络发达，各种内容日渐丰富后，总浏览植物的相关资料，就会学到很多东西。我最喜欢的是华南植物园的微博。以前总在外文里探索，颇费时间，现在，看

紫娇花

巴西野玫瑰

图知名，一目了然。

百度百科也非常好。所查植物的右边，有"猜您关注""相关植物""其他人还搜"。一展开，哇，很多熟悉的面孔，就像一个 party 上，看到了老朋友。

当然，一种陌生的植物，知道它的名字是首要，不管是哪国文字。这是了解它的最初线索，也是主要线索。

就像一个姑娘。你首先得知道她是谁，才能开始了解她。

洛杉矶的夏天，我看到很多紫色的花，长在几米高的树上，卓然有姿。问了很多当地人，都不认识。我搜"洛杉矶，紫色花"，搜到的是洛杉矶紫薇，正如前文所说，洛杉矶紫薇的正确名字应该是蓝花楹。我现在终于知道了，洛杉矶那紫色的花，叫巴西野玫瑰。

在纽约植物园看到的一种蓝色花，让我愉悦非常，咔嚓咔嚓拍了无数，可至今还不认识。我搜"蓝色花""蓝紫色花"，除了我从前认识的，我又认识了地中海蓝钟花、肺草、喜林草。

从喜林草的相关资料里，我找到了蓝繁缕，又找到了绿朱草，还找到了微孔草。它和微孔草那么像，我都需要仔细辨认了。我那么兴奋，紧张。我感到在微孔草的相关植物里就有它，我感到就要与它相遇。我的神秘女郎，我马上就要知道你是谁了。

秘密花园

我被伊朗拒签了，原因是我护照上有以色列的签证，距离今天不足一年。

费佛伯格也被拒签了。原因同我一样。

我不是大家以为的凡事不在乎，不介意，风轻云淡至没有。只是我的沮丧期会很短。

话说我与费佛伯格说话时，脸上正罩着乌云。

千万不能因为乌云影响正事。我想验证一个说法，眼下好不容易找到机会。我让乌云散开些。

"听你的名字，好像是犹太人。"

他点头。

"我看过一篇文章上说，犹太人喜欢把胡萝卜切成圆片，因为那象征金币。是这样吗？"

"是。"

出使馆没多远，一户人家的院子里，有几株黄色的鸢尾。

费佛伯格说："以色列人普遍认为黄色鸢尾是黄金的象征，故有种植鸢尾的风俗，盼望能带来财富。"

我是花痴，突然间了解了这知识，顿觉心里的乌云一下子都散了。

伊斯坦布尔的绣球花

一个月前，我参加林老碗的旅行分享会。她游居英国的时候，拿着陶渊明的诗，让旅途中认识的各国朋友读。她也请他们介绍一首他们国家类似的诗。

什么东西弄一系列，都挺好玩。我最近弄了俩，一是问各国不同的人，"你的理想是什么？"二是："遇到困难时，你都用什么样的方式排解？"

我问费佛伯格，然后听到了下面的故事。

我能忍受失败，但不能忍受没有经历。

我在航空公司做了10年，做到部门经理，收入丰厚，生活富足安定。但突然有一天，我想摆脱这种看得见结果的生活，看上天会不会给我的生命带来惊喜。

我辞职，办了个网站。我上下游资源都有，以为胜券在握。

这世界充满机遇。但100个机遇，可能有80个是引诱你失败的。它给你的只是经历。

万丈雄心化为冰茫一片。

生活中，当你失去一样东西的时候，你就要小心第二个。

当初劝我不要放弃原来优厚工作的，有个是我老朋友。我创业失败后，他经常来我家安慰我。他没能安慰了我，他安慰了我太太。

有天，我从后视镜里看到他们手拉手。亏得我在车里，坐着。如果我看到时，是站着，我真怕自己会晕倒。

公正地讲，并不是所有的女人都贪财。但当你失去财富时，你就气急败坏。你态度一变，难以控制，女人就可能伤心了。

爱情、事业双双惨败。我去旅行，在非洲听到了这花的故事。

在非洲的荒漠地带，我原本以为的一株草，某天，突然绽放出花朵来。

不知你识过非洲的毒日没有，竟然把我的一双鞋晒化了。不知为什么，我有点害怕那花惨遭毒害。

它孤单，却忘情地开着。莲叶状的花瓣，绚烂无比。

两天后，它枯萎了。它盛放的美丽，却永远留在我心里。

当地人告诉我，这花叫依米花。

为了采水，非洲的一般植物都有庞大的根系。依米花却没有，只有一条主根。这主根在黑暗的地下，蜿蜒而行。它没有并列的同伴，互相的支撑，它只有孤独的自己，顽强地去找寻生命的源泉。四五年或六七年后，它才会在干燥的沙漠里找到水源，养分一点点集聚后，它开花了。却因为太多的消耗，它的生命很快就结束了。

我听着，无比震撼。

我不知道这小小的花，藏着这样的故事。当你坚强时，痛苦就什么也不是。

这顽强的生命，让我自叹不如。为什么我要退却，向生活、向命运低头？我结束非洲的旅行后，重新振作起来。

我做生意很忙，没有工夫摆弄花草。公寓里也没有空间弄花园。但我在心里建了个花园，把依米花放到了里面。

每当遭遇困难，我就从这纤细生命的顽强歌唱里，找到安慰，汲取力量。

原来我根本不认识任何花草，依米花之后，我开始慢慢了解植物的世界。我认识了紫叶李，它的花语是：幸福、向上、积极。我把它种在我心里的花园。石斛兰的花语是坚毅，我把它种在我心里的花园。绣球花的花语是希望，萝卜草的花语是

少见的绿绣球

满载希望，圣诞红的花语是神圣的希望，我把它们统统种上。

我心里这秘密的花园，百花齐放。它们带给我无限的宽慰、温暖、力量，让我见识生命的美丽和顽强。每天，我都要到这花园里待一些时候，那是我一天最愉悦的时光。

说到这里，他笑了，"这花园太好了。有天我知道荨麻的花语是勇气，我又把它种到了花园里。而在现实里，这花很难找到。"

陌上花开：
因你的注视而幸福

作者 洛艺嘉
ISBN 978-7-5204-0451-8
定价：49.00 元

冒险雷探长：
秘境诅咒

作者 陈雷
ISBN 978-7-5031-9812-0
定价：48.00 元

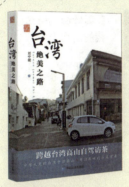

台湾绝美之路

作者 刘中健
ISBN 978-7-5031-9856-4
定价：49.00 元

遇见欧洲，遇见童话

作者 魏无心
ISBN 978-7-5031-8958-6
定价：48.00 元

从纽约
走到迈阿密

西岭雪：
走一步看一步

行走在
心灵之间

作者 杀杀姐
ISBN 978-7-5031-9997-4
定价：39.00 元

作者 西岭雪
ISBN 978-7-5031-8048-4
定价：46.00 元

作者 周小媛
ISBN 978-7-5031-8357-7
定价：39.00 元

欧洲不远：
101 天行走欧洲

在世界，
闲停信步

就这样，
我睡了全世界
的沙发

作者 张启新
ISBN 978-7-5031-9196-1
定价：39.00 元

作者 小鱼
ISBN 978-7-5031-8517-5
定价：29.80 元

作者 潘靖仪
ISBN 978-7-5031-9110-7
定价：35.00 元

最欧洲:
我的自驾三万里

作者 赵淳
ISBN 978-7-5031-8455-0
定价 49.00 元

冒险有瘾:
东边蒙古,西边伊朗

作者 赵淳
ISBN 978-7-5031-9903-5
定价 49.00 元

遇见格桑花:
带着孩子去西藏

作者 绿豆 芝麻
ISBN 978-7-5031-8662-2
定价 48.00 元

在高处遇见自己:
我的山水十年

作者 青衣佐刀
ISBN 978-7-5031-7640-1
定价 49.00 元

喜马拉雅孤旅

作者 李国平
ISBN 978-7-5204-0239-2
定价 68.00 元

遇见喜马拉雅

作者 李国平
ISBN 978-7-5031-9352-1
定价 46.00 元

孤影八千

作者 李国平
ISBN 978-7-5204-0142-5
定价 68.00 元

小驴佳佳:
画说非洲

作者 小驴佳佳
ISBN 978-7-5031-8459-8
定价 39.00 元

贺兰山:
一部立着的史诗

作者 唐荣尧
ISBN 978-7-5031-9501-3
定价 58.00 元

扬帆追梦:
帆船自驾
环球之旅

作者 万军
ISBN 978-7-5031-8528-1
定价 32.00 元